街道江湖

王占黑 — 著

北京出版集团公司
北京十月文艺出版社

新经典文化股份有限公司
www.readinglife.com
出　品

献给嘉涛大王

目录

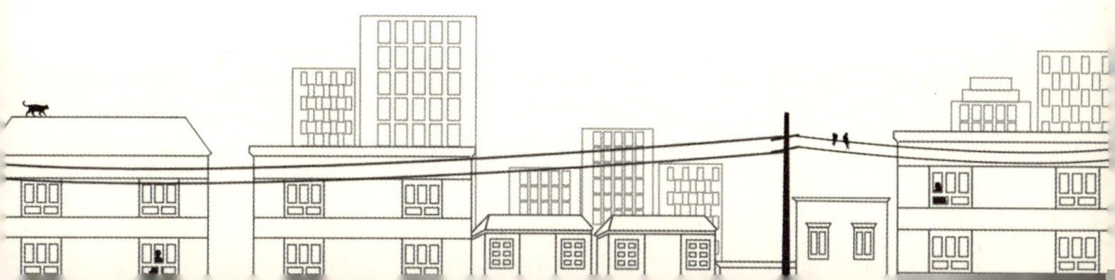

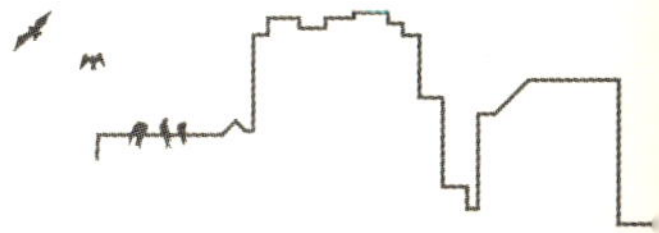

小官的故事

1

小官老来落了几粒牙，两块巴掌肉一下子豁进去不少，看上去丢了几分英雄气概。

小官爷叔，你笑个大点的给我看。我边说边咧嘴给他示范了一个。

死开，小畜生，老子炖了你。

小官啊，别想了噢，炖掉你也咬不动噢。水果摊的老黄趁机挖苦，笑出了自己一副齿轮牙，一只有，一只没，一只有，一只没，再往里就看不清楚了。后面沙发上一排晒太阳的老太婆也笑个不止，金牙银牙在太阳底下乱晃着光，只有最中间的徐爷爷还坚决抿着嘴，他早就没有牙了。

老畜生……小官白了老黄一眼，脚一蹬，椅子挪了个朝向，转头朝马路上的车看去了。

小官不长白头发，他剃光头，好像这样就不会老似的。可是我看着他的后脑勺，竟觉得不如以前那么精光锃亮了。冬天常常穿的一件紫红色唐装棉袄也渐渐褪成了浅红的。如今落了牙，又落掉了不少精气神。

原来不长白头发的小官和其他人一样，也是老人了。

我差点没注意到这件事。

2

关于小官到底有没有英雄气概，我越来越存疑了。我总觉得，这种高大的印象是我自己造出来的。大约五六年前，我列了一个“街道英雄”清单，计划要把小区里各路人马写一遍，剃头店师傅、杂货店老板娘、水果摊老黄、彩票店主人、送牛奶的、卖鸭脖的、闲人和酒鬼，还有几只出色的狗。后来有的人搬走了，有的人死了，还有的，比如老黄做生意总是缺斤少两，我毫不客气地把他踢出了英雄名单。而小官作为小区看门人，理所当然成了他们中的一把手。

写小官的故事，我那时打听了交关[①]人，给小官的狗买了交关猪肉肠。在大门口闲坐了几个月，混熟络起来，那故事总算凑集了

---

①吴语，表示“很多”。

几个关键词：严打，改造，救人，回家。按小官的说法，这辈子就是三条命：严打那会兄弟丢了一条命，改造那会救了一条人命，剩下家里老母一条命。至于自己的命，早就扔在大西北了。

那个故事的开头是这么写的：

我们小区有只很乖的狗，叫小黑。每天晚饭后它都会独自出来散步，沿着马路慢悠悠地溜达，从不和路上的野狗搭讪，也不冲人乱叫。到了小区关门，它总能准时回来。大家都很喜欢它。小黑的主人是小区的看门人，他叫小官。

自我搬来这里，小官就一直干这个活，从过去的木栅门到现在的大铁门。早上五点开门，晚上九点关门，小官说，这叫做朝五晚九。

小官是本地人，光棍，光头，双目浑圆，浓眉横挑，粗看让人很害怕，大晚上站在铁门边，不像看门倒像打劫的。后来听人说，他已经快六十了，我颇为惊讶。小官是低保户，白天给对面那条商店街看仓库，晚上来这里守门，钱不多，但也够他和小黑糊口。小官不抽烟，就爱喝口贤湖亭老酒，咂几粒花生米，配一只呀呀乱叫的半导体。他也不太说话，大家围着一朵吹不烂的苦菜花聊天，小官只坐在藤椅上默默地听，偶尔插几嘴。一开口，都是脏话。大部分时候，椅子上的小官沉默，椅子底下的小黑也不响，低着头伏在凉快的地上，只有眼珠转来转去，陪这一群人消磨夏夜的零碎时间。小官对小黑也是默默，从不表扬也不训斥，他们总是默契地生活，安静地守护小区的每一个夜晚。

"街道英雄"写了几个人，我就离开小城去外地读书了。读完了书，又好像没读似的，继续回家闲着，和老黄摊上那些卖不掉的甘蔗一样。天黑了，就杵在人家车棚的门板前，看着我那张旧名单上的大人物和小配角来来往往。有些和从前一样招呼我，小王！有些拿异样的眼神打量我，有些完全没有看到我——他们的视力已经不足够注意到我了。

那些写了的英雄，现在都成了老掉牙的英雄；还没写的，大概因为没能在我的叙述里英雄过一把，就显得更加老掉牙了。作为一把手的小官，自从落了几颗牙，也露出了不太英雄的马脚。

3

小官的家不在小区里，而在旁边一间拆迁后被废弃的老房子里。位置十分隐蔽，是我在某天晨跑时循着小黑的身影发现的。房很破旧，一楼有好多野狗，什么毛的都有，病的残的也有，一个个安静地倚在墙边。墙根堆着两三只盛着剩菜剩饭的旧搪瓷碗。我惊异于它们的沉默，也许跟小官在一起的伙伴都很沉默吧。从来没人知晓它们的存在，大家都以为小官只有小黑一个伙伴。

踩着吱呀乱响的楼梯，我把目光探进二楼，地板上裂缝很多，只有一张床和八仙桌，一台很小很过时的电视机。抬头撞上小官瞪我的眼神，吓得差点没掉下去。

后来带着一瓶黄酒，我和小官说上了话。

这样一个健壮老实的硬汉小官没有老婆孩子，原来是蹲过牢房。八十年代严打，流氓罪一定，小官头一批下放到青海去劳改，救了人缓了刑才回来的。小区里晓得这桩事体的人不多，但他们多少都晓得，小城里发展变化最快的那几年，小官在吃正宗的西北风。

小官的脸是黑黝黝的，和他的脑勺一样闪着亮光，小黑狗的皮毛也很油亮，他们俩看起来一般凶。现在小官的牙落了，表情和蔼了很多，圆眼睛一瞪，眉间的恶气却被干瘪的脸颊消解了。小区里的孙子孙女喊小官爷爷，小官爷爷也能颇为慈祥地笑一笑了。

但小黑狗却变得凶恶起来。不仅孙子孙女，过路的大人也都觉得可怕。它有时追着电瓶车后座的小孩狂叫，有时跟着汽车屁股一路猛跑。有人来投诉，居委会就让小官别把小黑狗带出来，小官不肯，老子的狗老子带，不然到时候抓贼你们覅来喊我！居委会就让他买根绳把狗拴在铁门上，只准叫，不准追着人和汽车跑。据说老黄打了个小报告，居委会又追加了一条，不准吃老黄摊上的半烂水果。

最近小黑狗不知怎么叫得厉害，遛狗的人都不敢把狗带到大铁门附近，胆小的更是要把狗抱出大门才敢放下来走。没办法，小黑狗太凶，小官态度也不好，大家惹不起。到了初冬，街道里又开始例行抓捕黑户狗，看见一只套一只，有钱没胆的赶紧主动去买个狗牌，没钱没胆的就把狗憋死在家里，夜里睡前放出来跑一圈。大家心里有数，挨过这大半个月就不要紧了。只有小官还是大摇大摆带着小黑出来值班，大门的一边蹲着吃中饭的老黄，另一边拴着站直的小黑狗，他俩差不多高。

老黄讲：你傻啊，放大门口叫人来套。

我王小官的狗谁人敢来套！它比警犬厉害！

警察也要上户口，不上户口那就是土匪……

老子四十年前就是土匪！

老黄不再说下去了。扒干净铁饭盒边角那最后几粒米，小声囔囔：这只戆蠢[①]，就等牢叫人家套去好了哎……

过完半个月，天气已经很冷了。小官的小黑狗真的不见了。老黄吞吐着米饭，充当一只严肃的小区喇叭：大家莫惊慌，王小官的黑户狗已落入法网，现在大家都能好好开车、好好走路了，大家不要怕，现在大家……

---

①吴语，表示“傻瓜”“白痴”。

小官回过头瞪了他一眼，要你多管闲事！怕什么，我过几天再领过一只！他拿起手里的半导体，一拧到顶，声音大得在值班室旁边打露天牌的几个老头都听不清对家在叫唤什么。

做啥！开小点！他们大喊。

小官不理会，反倒往藤椅上一躺，跟着唱起来：浏阳昂昂昂昂河……小官的粗喉咙尖细起来，配上他那件掉色厉害的紫红唐装棉袄和凹陷的脸颊，真真像一个老年痴呆。

小官你阿是有毛病！打牌的阿金大骂。

可是过了几天，有消息传开了。最早是住小官隔壁的捉垃圾的人说的，小官的小黑狗不是叫人套去了，而是小官自己杀来吃了。

小官喜欢吃狗肉汤，很多人是晓得的。早就有人说，小官收那么多狗，专门拿去黑市上卖，再弄一点自己回来做汤吃。捉垃圾的人讲：你们不晓得，小官还捉过小区里自己人养的狗拿去卖呢！我那只花花，在屋前晒场上白相①，天黑就不见了。他说自己隔天就闻到小官房子里飘着狗肉汤味，找上门去。被小官劈头大骂：帮帮忙，谁人要你们这种吃垃圾的狗！

可是捉垃圾的人一口咬定，他到处讲：你想啊，这狗天天带出来，肯定是要被街道里套走的，小官没钱上牌，又欢喜吃狗肉，索性就……这话一经传开去就变得有理有据起来。

于是有人觉得，小官的狗从一开始就是为了过冬吃肉而养的。

---

①吴语，表示“玩耍”。

你们以为狗一直都是这只啊，瞎讲噢，这狗每年都不是同一只呀，黑狗啥地方收不到，伊就是养来到了冬天吃了补身体的，你们看伊六十五六头皮发亮，一般人哪能做得到啊。

是啊，以前杀人放火的，什么不敢，吃点狗肉算什么啦……小区里好多人信了这说法，尤其是家里有狗的，相互关照要看牢一点。常常聚在小区门口的打牌的几个是不信的，阿金讲：狗肉现在谁人要吃啦，吃了要得肝病的啊，小官房顶上养了鸽子，他自家杀鸽子吃不可以啊……

对于这些说法小官并没有理会，他照旧坐在藤椅里跟着半导体唱曲。碰到几个硬要钻牛角尖的人斗胆上前问一问：到底吃没吃啊？小官圆眼一瞪，大嗓一吼：要你管！老子就算吃狗肉了，哪能样啊！

问的人如果是老黄恐怕会吓得连饭盒都落在地上。所幸的是，小官自从丢了好几粒牙，巴掌肉一凹进，说话也有点漏风，表情并不如从前那么凶神恶煞了。人们看到小官翻脸，此事再也不敢多提。

有目共睹的是，没过多久，小官又有一起值班过夜的小黑狗了。皮毛油亮亮的，只是个头比之前那只小一点。有人说这就是以前那只，不过在外面跑瘦了。有人说是新抓来的。总之小黑狗一上岗，就面临着约法三章的老规矩：只准叫，不准追着人和汽车跑，不准吃老黄摊上的半烂水果。

4

小官年轻时是社会上颇有名气的大哥。在那个盛行拉帮结派、称兄道弟的年代，谁心肠铁、下手重谁就是头。小官就是凭着全身使不完的蛮力和动不动就提起的榔头，在旧城区几条街赫赫有名。不同于如今偷鸡摸狗的勾当，他们从不干伤天害理的事，也不像电影里那样收保护费扰民，只是凭着义气结弟兄，凭着义气干大架。后来碰上了严打，枪毙了好几个兄弟，他侥幸没撞上枪口。

小官说，那年头枪毙并不是秘密进行的，拖到郊外直接解决。全城大概有三个固定的地方，都在环城河外面。每回听到有枪毙的风声，一群年轻人就会骑自行车去郊外的林子里看热闹。对他们而言，枪毙不可怕，反倒新鲜。但这新鲜也不容易看，更多时候只能隔着密密的草丛，远远地看到一站一跪的两个人，只听见“砰”的一声，跪着的应声倒地，殡仪馆的车从一旁径直开来，裹着尸体直送火葬场，家属不可拖回遗体。除了看新鲜的年轻人发出好奇和惊悚的叫声，四周并无哭声。很多时候，执行枪决的时辰是不准的，人还没来得及骑过林子，就听见一声枪响，便知道错过了时间，只能摇头折返，看看下次能不能碰上运气。

瘦死的骆驼比马大，然而小官的骆驼只适用于小区里那些中老年良民，在年轻人眼里，一个落了牙的看门老光头和看门狗有什么差别呢。

狠什么狠，死老头子。一个被迫交完停车费的男人骂骂咧咧地从大门口出去。

说起来在收停车费这件事上，小官一向认真得吓人。尤其是对头一次开进来的车，他的态度比城管抓老黄还差，坚决不放过任何一条漏网之鱼。有一次过年，杂货店老板娘的亲眷就为此和小官大吵了一架，差点要喊警察。后来老板娘逢人便骂小官仇富，说小官是穷得有病才跟汽车过不去。

伊故意的，伊就是想寻点麻烦。

穷出毛病了，穷出毛病了。盘踞在杂货店周围的女人们跟着帮腔。

小官却不以为然：老子穷了一辈子，顶不怕口袋里没钞票！

有钞票不要面孔，老子顶看不起！小官隔着几栋楼大声喊回去。

喊归喊，瘦死的骆驼真的和人动起了干戈，那形势并不好看。有一次我刚下公交，见到三个年轻人围着毛豆师傅的臭豆腐摊排队，大概是他们的电瓶车挡道了，小官喊他们停到边上去。不知怎么一下，等我穿马路的时候，小官已经和他们吵了起来。

赤你娘！

小官说着就朝电瓶车踢了一脚，电瓶车呜呜呜地拉起警报，小黑狗也随之乱叫起来。一个年轻人二话没说，冲过来对着小官的肚皮就是一脚，赤你娘，敢动老子车子。另外两个也跟上去，围着小官的光头拳打脚踢，脑勺上爆发出一阵咚咚咚沉闷的敲打声。周边人吓得不敢说话，毛豆师傅停下了在油锅里翻着臭豆腐的长筷子，只有锅里的油和小黑狗在乱蹿。

三个年轻人把小官按在地上，看不清小官有没有反击，只听到此起彼伏的赤你娘赤你娘。

人群把他们拉开了，一个年轻人还是牢牢地扯着小官的领子不放，一副要做死他的表情。小官有点站不太稳，垂着头，那光头被打了那么多下，一定很疼很晕乎。他并没有说话，往值班亭里走进去了。

死老头子活腻了！

赤你娘，死都要死了横什么！

三个年轻人拿了臭豆腐骑着电瓶车离开了。

大概是因为小官先动脚踢了别人的车才遭来了这一顿灾祸，小区门口的人对于这一幕罕见的小打老并不敢多说什么，散开的人群中听到几位妇女略显后怕的感叹：

现在的小青头啊，火气太旺，吓也吓死人了。

就是讲呀，小官再凶，也是老人呀，怎么好打的。

那是我第一次意识到，原来小官是个老人。

小官并不能威风凛凛地打得他们满地找牙，小官被人打了不敢还嘴，这也是我第一次意识到，小官并不是我想象中的街头英雄。

可是那些称霸街道的旧故事是真的，圆眼睛和光头也是真的，我听到过，看到过，小区的人们也时常抱怨过。只不过小官老了，街头不是他的地盘了，更可怕的是，现在连这扇大铁门周围也不听他的指挥了。

小官以沉默来面对这样一次不风光的斗殴。并没有人再提及那件事。尽管小官被小青年打了，人们还是出于畏惧那副凶恶的眼神而讳莫如深。这成了一个禁忌，大家就像什么也没发生过一样。可是人们心里早就有数了，小官打不过年轻人，单单在气力上就输了，这一点大家都看到了。

没有人知道小官心里是怎么想的。那天晚上，年轻人走了以后，小官坐在藤椅上照旧听着广播，没有表情，也不唱歌，把整件事连同身上的淤青一道吞进肚子里去，他大概也想不明白，想不下去。

所有屈辱在闭口不谈的时日里总是会被人淡忘的。小官的表情渐渐自然起来，收音机里的小曲开始响起来。然而我还是会做白日梦，漆黑的夜里，小官的身影矗立在大门口，等着三个年轻人再次经过。他们停下车来，时间放慢，小官掀起那把藤椅朝他们脸上砸去，一个倒，两个倒，直到把他们都砸倒在地。小官不出声，不动表情地，为自己出了一口气。

不知道小官会不会做这样的梦。不过听说，人老了并不会像年轻时那么记仇了。

5

虽然躲过了一枪，小官还是被送到西北去改造。刚去的时候，一下火车，小官就被眼前层层峦峦的山震住了。那山比桃木梳上一棱一棱的刺还麻密，天也空得叫人发怵。他们要开垦的地，几千年都没种出庄稼来，赤裸在日头下，晒出一道一道大口子，几十公里也见不到一个人。小官白天凿山开地，吃那些硬得可以扔死狗的饼，晚上就在灌进丝丝冷风的小屋里休息，透过阴森的月光听远处的嗥叫。他说那段时间很清静，不去想死掉的兄弟和远方的老娘，每天劳动，只求能吃能睡。晚上围着火炉，大家轮着讲过去的街头故事、义气的兄弟、风光的场面、懊悔的眼泪、不甘而紧紧攥住的拳头，此刻都托付给无尽的山，篝火边有愤怒、有神伤、有沉默，低头抬头，消磨一个又一个枯燥的夜晚。

直到一个灼热的夏天，劳动的时候，一个年轻人因日照太强而昏厥，小官二话不说背起他就跑，跑了不知道多久才找到一家野地卫生院。小官放下人，伸出胳膊就要抽血，总算保住了那人的命。

又过了几个夏天，他提前回来了。

小官当了这么多年看门的，名声在外，却不见有什么朋友。他又凶又不好讲话，常年在大铁门周围的人、水果摊的老黄、晒太阳的老太太，都不敢跟他多搭话。连每天形影不离的小黑狗，也很少跟他有交流。小官总是坐着，上白天班就守一整个白天，上夜班就守一整夜。小黑狗有时趴在藤椅下面，有时自己溜达着玩。

侯哥大概是这大铁门周围出现过的唯一能和他称兄道弟的人，尽管在字面上小官喊他小侯，侯哥喊他小官师傅。

一年夏天，有个年轻的外地小伙每到晚上就推着一辆玻璃上写着“侯哥鸭脖”的简易餐车来到小区门口摆摊。六点半，路灯亮了，侯哥摆好三轮车里的砧板和菜刀，一次性纸盒和塑料袋挂在车头，支起一个小灯泡，夜市生意开始了。车里不仅有鸭脖，玻璃罩后面还摆着各式熟食和凉粉。刷刷刷一切，再加个调料包，为酒鬼们的晚餐增添不少滋味。他们习惯在自家楼下支一张小方桌，铺一碟花生米，再铺一碟鸭脖，就着黄酒或者啤酒，能喝上一两个小时。天热的时候，很多人喜欢吃鸭脖、鸭脚掌和带点辣的凉菜，下班回来顺手买一点。有的吃到一半听说侯哥鸭脖来了，又走出来买点加餐。

侯哥生意好是有原因的。戴着眼镜，讲话细声细语，不拿菜刀的时候极其斯文。据说他本身是个大学生，为了多赚钱，就和老乡合伙做个小生意，下班之后一个在家做，一个出来摆摊。侯哥态度好，又肯抹零，叫大家都很喜欢。他的侯哥鸭脖成了那个夏天大铁门附近重要的聚集地。

从晚饭卖到夜宵，快到十点，侯哥要收摊走人了，他第二天还要早起上班。有时卖不完的鸭脖或凉粉，侯哥就十分客气地送点过去给小官：

小官师傅，你吃点滋味。

跟侯哥的斯文比起来，小官像个野人，又粗鲁又容易发怒。可是别人给了他东西，他就变得憨厚起来：

哎，哎……真不好意思……

吃了别人的夜宵，自然就要多帮帮忙。城管来扫街的时候，突然下雷阵雨的时候，小官就让侯哥带着餐车躲到传达室里来。外面的车停得不好，堵住了侯哥的生意，小官就过去疏通。收摊走人的时候，小官就帮侯哥搭一把手，推过一个上坡。侯哥养了一只小白狗叫乐乐，时常带出来一起做生意，乐乐就一直和小官的黑狗处在一起。

后来天凉起来，侯哥鸭脖在小区摆了个把月，人们的吃喝热情逐渐退散开去。没生意的空当，侯哥就把车推进来，和小官聊聊天。侯哥从口袋里掏出一包烟，给自己点上一支，又给他拿一支，小官甩甩手。

不抽。不抽，兄弟。

这些是侯哥告诉我的，那时他也是我英雄榜上一条好汉。小官上白天班的时候，我给侯哥点上一支，又给自己点上一支，听他讲讲自己的事体。比如他刚有了一个女儿，想多赚一点钱。比如他已经两年没回老家了。比如那个和他一起卖夜宵的老乡被网上的女朋友骗去了所有的钱。那时，值班室的另一个老头在打瞌睡，我们谈起小官，侯哥说：小官师傅人好啊，上路，关照我们外地人。

原来在很多个夜里，小官帮侯哥修过三轮车，赶走过喝醉闹事的酒鬼，还在他回家拿原料的空歇里帮忙看过餐车，回头却坚决不收工钱。这些事体发生的时候，小区里的人，老一点的回房睡了，年轻的正窝在床上看电视，小区门口不再像白天一样人来人往。侯哥守着他的鸭脖摊，在小官的眼皮底下，安心地度过了一夜又一夜。

小官地盘上的事，小官关心得很。

后来天渐渐冷了，听说侯哥的搭档回老家了，侯哥鸭脖停产。东山再起的时候，侯哥在附近一家医院摆快餐了，乐乐也跟着去了。小区门口再没有陪伴小官的年轻人了。几次夜里我跑完步回来，看到小官坐在大门口，或是把自己关在值班室里面，收音机隔着窗户很小声地唱着。小官心里会不会想他的地盘上再来几个新的年轻人？

6

小官在遥远的地方度了十来年与世隔绝的日子，错过了最精彩的年头，一回来，小城里面目全非。房子拆了，亲人散了，唯一牵挂的老娘也去了，一起驰骋街头的兄弟，有的下海经商，赚得盆满钵满，有的仍在酒肉中浑噩潦倒。风沙吹老的小官，没有酒肉，没有女人。他在这栋危楼里开始了新的生活。收容流浪狗，种点野花杂草，在房顶上养一棚鸽子，和另一个穷困的孤老头轮流看守小区大门。这样的值班没有对讲机，也不用穿制服，只是坐在公厕旁的传达室里，亮一盏昏暗的灯，用微弱的光守护每一个安谧的夜晚。

回来这些年，小官依旧保留了在大西北的习惯，冲冷水澡，睡硬板床，一天不落。六十了，身板依然硬朗，头顶光亮，眉宇间不减凶相。去年冬天他和小黑合伙抓了两个过年贼，人家要送他钱，他不要，结果便宜了小黑和它的兄弟，吃了两个礼拜好罐头，那罐头盒现在还放在墙边盛水用，狗弟兄们喜欢。

小官从西北回来的时候，老娘已经没了，小官说他这辈子欠老娘一条命，心里过意不去。

老娘死了，家里亲戚散了，没人帮小官谋划讨老婆的事。他们眼里，大西北回来的，等于是个废人。小官一把老骨头了，竟然还打着光棍，从来也没见他身边有什么女人出现过。

不过有人说见过小官上美容院，就是小区对面的商店街，那些外地大妞做生意的地方。她们清一色很白很胖，那胖是真的，白是搽出来的，染黄头发，露大胸脯和粗腿，歪坐在光线幽暗的沙发上。房间里灯光的颜色，红不红，粉不粉，效果是在日光灯的管子外包一层半透的彩纸，那么做出来的。

没人管那叫红灯区，警察也不去管，大家都叫它批发市场，好像外地大妞们也只能批发，不能零售似的。有人说：王小官哪会有钱啦，伊这种样子肯定寻不到老婆的，有一点小钱么，就花到批发市场去了……

小官怎么会没有相好呢？要说那年头蹲过牢房的人也并不少，大家都改头换面过日子了，单单他一直打光棍？这问题常常被拿到暗地里来讨论。居委会还给他联系过相亲，多半是找些家里老头子走得早的孤苦老太太。女干部对小官说：人都是要老的，找个伴老来相互照应，怎么样……

小官皱着他毛毛虫一样的粗眉毛，大手一甩。老子顶怕人管，老太婆烦得要死！那口气简直是要吓坏人。

这事后来不知道怎么样了。

再后来人们讨论出了结果：小官怎么不想讨老婆！伊么是穷！自已吃喝都不够，哪里养得起老太婆！

谁跟了小官倒大霉，生了病怎么办，吃口西北风治一治……

对对对，吃口西北风治一治，哈哈哈哈哈……小官上夜班的那个白天，人们围在大门口笑得停不下来。

小官的地盘每天只有十二个小时是小官的。余下的时间，他管不住。

捉垃圾的人住得离小官最近，很多消息都是从他那里传出来的。他每天带着一条很脏的狗到小区各处的卫生房里捉垃圾，休息的时候，就把垃圾车停在一边，和路口的人们闲聊几句。

有是肯定有的，以前看到过有老太婆到那间矮棚棚里去，偷偷摸摸的。要是结婚，那肯定没有的。

呦……吓死人，哪里来的女人傻得会跟上小官啊。

外地人，外地人。捉垃圾的人说得好像自己有多么本土似的。

这几年广场舞风靡，每天吃好晚饭，小区篮球场上就来了一群老阿姨。占了中学生打球的地方，两方常常为此吵起来。但是老阿姨肯定比小青年要厉害，这块地皮最后还是落到了老阿姨手里。她们放起广播，散开在篮球场各处扭起来。有一个篮筐底下还围着五六个中学生在活动，但不能越过半场线，年轻人的喊叫总是被广场舞音乐彻底盖过去。

这种时候，小官总会把藤椅挪出来一点，挪到铁门外面，正够看到篮球场的盛况。小官好像很喜欢听广场舞曲，没过多久，小官的收音机里也开始放些鼓点强劲的歌曲了。

小官，不得了啊，会唱流行歌曲了。过路人夸了他一句。

哈哈哈哈，老子欢喜，劲道足！

小官在夕阳下的藤椅里边听边抖脚，脸上被照得金光亮，褪色的唐装也照得耀眼起来。好像整个人年轻起来了。

小官，过来跳一个！女人交交关！吃完饭正前往篮球场活动的杂货店老板娘动员他一起去。小区已经有好几个老头被动员着饭后去跳舞了。还有个住在篮球场后面的老头不好意思挤在老太婆堆里，就站在家里的阳台上，每天跟着楼下的人一起伸腿一起扭腰。他看得见别人，别人看不见他。

不去，大老粗扭来扭去像什么样！

小区文艺表演，篮球场的广场舞分队盛装出席。小官在大门口值班，偷偷也跑过来看表演了。我回头看到了他。挤在人群当中，小官的大光头在冬天的傍晚戴上了土灰色的毛线帽，只剩下一张瘦瘪的脸盘，显出土黄色。他张着大嘴，停在这个笑僵了的表情，露出了缺斤少两的牙，嘴唇也凹下去了。那么远远地望着，小官和周围其他老人的脑袋毫无差异。小官没有白头发，小官戴了帽子也没了光头，小官的脸变成了一张老人的脸。

我想到小官曾经和我说过他年轻时爱听的歌曲。他爱听有鼓点的，节奏性强的，能叫人跳起来的舞曲。

老子欢喜听，劲道足。

他也爱听邓丽君，那些优美的歌常常和他年轻时的回忆捆绑在一起。广播里放《美酒加咖啡》，那时候他的唐装棉袄还很新很扎眼，我还没离开小城，我们坐在夜晚的值班室里，收音机里放，小官跟着唱。

美酒加咖啡，我只要喝一杯。想起了过去，又喝了第二杯。我并没有醉，我只是心儿碎，我要美酒加咖啡，一杯再一杯。

小官背不全整首歌，唱着唱着就开始重复那仅有的几句记住的歌词，却是最要掉眼泪的几句。他唱得并没有感情，却让我觉得要掉眼泪。

好啊，邓丽君，好啊……小官讲。

7

说一件好笑的事，最近要建设文明城市，小区里人手不够，就委托小官去每幢单元楼的小黑板上写宣传标语：建设文明城市，共创和谐社区。小小的方块字，很重很规整，像小学生的手笔。据说小官是沿着直尺写的，这些字与他的硬汉形象很不搭，每次我下楼看到都忍不住要笑。

夜里起来尿尿，看到传达室的小灯依旧亮着。我仿佛看到小官坐在门口的藤椅里，望着天空想他的兄弟和老母。小黑趴在椅子下，不知看着哪里。他们的背后，是一座安宁的小区，一片安宁的梦。

我们都在等待明天到来。

那个故事是以“明天”收尾的。那时我并没有想到，“我们都在等待的明天”里，会有小官落光的牙齿和凹陷的脸颊。不长白头发的小官总是让小孩子以为他永远也不会老。

我记不清后来把这个故事寄去了哪里，总之并没有收到来自任何地方的回音。在那之后，我从大铁门走出去，离开了小区，离开了我的小城。手里捏着那张街道英雄名单，我却没能在别处把他们一一写下来。只有小官的故事是完整的，就叫《小官》，没办法，谁叫他是街道英雄的一把手。

小官是不论退休年纪的，他没有单位。看门不过是个临时的活，不讲究太多。可是我最近听说，社区里打算着等今年合同到了，值班室要换个人来做。一来是小官岁数确实大了，二来是他的岁数大起来，脾气也跟着大起来，总要和进进出出的人啊车啊闹点别扭，搞得社区里常常收到投诉。

真真吃不消小官，人家都说老了想得开，就太平起来，伊这副狗脾气，怎么越老越难搞。

等伊牙落光了，看他哪能横。

老黄和剃头店师傅坐在长凳上嗑瓜子，瓜子壳落了一地，落在老人们剪下来的灰白头发上，那里面没有小官的头发。小官戴着土灰色的毛线帽，坐在大门口的藤椅上，怀里躺着那个响得不得了的收音机。他耳朵越来越差了。

下午三点是经典老歌节目。

送你送到小村外，有句话儿要交代，虽然已经是百花开哎哎，等的里的灯的灯，路边的野花啊，你不要采，等的儿里的灯，等的儿里的灯。

水果摊故事

1

老黄从不在我的街道英雄名单里，他太……不英雄了。

三伏天，下雪天，路上连只野狗都不见，老黄照样支起他的大型广告伞，水果纸板箱一只一只摆开来。你如问他，他讲，怎么没人买，路过看到了么，总要顺手买点回去。这是他一贯的经营策略。那印着中国电信商标的遮阳伞，就这么不知疲倦地立在小区铁门边。

当年人家做完充值活动忘了收，老黄偷偷捡回来，插在一只灌了水泥的实心铁桶里，从此给自己的摊位封上了顶。那伞替老黄扛了风，淋了雨，面上褪了色，布头也稀松了，却不见哪处有新的伞忘了收。于是哪里戳破一块，老黄就往哪补上一块，狗皮膏药越贴越多，早已看不出是谁赞助的了。老黄仍稳稳地躲在它的荫庇下，每天看着人、狗和汽车在小区门口走过来，走过去。

人们上班去，老黄已经出来了。人们下班了，老黄还在摊上。

人们散步回来说，老黄，差不多啦，好跑路啦。

老黄躺在摇椅里摆摆手，等一歇，再等一歇。他心里总盘算着下一个生意。

有人就嘲笑他，你这块根据地嘛，要比小官值班时间还长了，不如两份生活一道做。

小官不乐意了，伊敢来抢我劳动人民饭碗，我就砸掉伊资本家的店面！

老黄笑嘻嘻不响。

老黄的店面小得好比孙猴子临走前给唐僧划出的一个圈，一把伞撑开，底下几只篮筐，几只纸板箱，提桶，蒲扇，收音机，摇椅上面躺着老黄，底下躺着老黄的宝贝性命铁皮盒。人们路过就要戏耍他，诶哟！小金库怎么不见啦！老黄便像触电了似的从躺椅上弹起来，立刻俯下身去摸。铁皮盒摸到了，嘻嘻笑一下，回去躺好。屡试不爽。

2

老黄不单固守根据地，还叫他老婆，一个矮个黑皮的中年妇女，每天蹬一部人力小三轮出去打游击，在桥下、路口、菜市场，或是车站拐角卖点散装水果。多了不行，跟城管打埋伏的关头跑不利落，万一罚下了还亏本，只能像蚂蚁搬家似的拿一点卖一点。卖得好那几天，傍晚就能看到夫妻俩坐在大伞底下吃饭，有时七八点了，老太婆还没回来，老黄就自顾吃起了夜饭。

几个男人就说他，老黄老黄，自家不吃苦，叫老太婆出去打游击。

老黄嘴里含着一口饭，伸长头颈，大腿一拍，你将我这只脚从大兴安岭捡回来么，我也出去打游击好了。跛脚总是能让他理直气壮。当年建设兵团的那点旧事体，人们也都听得厌弃了。

人家不响，他就哼哼两下。老黄笑起来阴阳怪气，他不像小官那么火爆，也没有徐爷爷的威严。缺边少角的太阳伞底下，老黄戴着一顶乌黑的鸭舌帽，两手交叉在胸口，遇到什么小小的胜利，就不痛不痒地哼几声。最要命的是，买水果的人但凡问他点什么，他也向来如此，笑里藏刀，十句话里九句假。

你问他，哪几样水果新鲜一点。他说，新鲜！都新鲜！

你问他，这批西瓜甜吗。他说，怎么不甜！保准甜！

你买回去，就上他的当了。

一般的水果摊主，新不新鲜，碰到回头客总会多少透露一些实情，近来哪些好，哪些不要上当。不好的，就卖给那些偶然光顾的客人、年轻人和外地人。老黄不是这样，他对待所有顾客都一视同仁，你问他什么，他都说好，怎么不好！买回来一尝，就晓得老黄又在卖假药了。

熟门熟路的人有时多逼问一句，老黄，讲良心话，香蕉哪串好一点。老黄不正面回答，他悠悠地指一下，这几串，便宜点一道带走。对方就晓得这几串不大好了。几次买下来便知，老黄所谓好的那些，其实也并不怎样。按质量来说，老黄的水果摊出售着一些极为平庸的水果；按信用来说，老黄实在是个隔着肚皮的黑心店家。久而久之，人们心里就有数了。老黄这个人做生意不是那种地道做法。一次客也好，回头客也好，在他眼里都是葱头。

这一点尤其表现在再熟的客人他也绝不肯给你抹零。老黄总是说，一毛钱也是钱呀，盖房能少一块砖吗。若是换作你急着回家，懒得收找头，他就会立马停下在铁皮盒里摸索的手，堆起满面笑意，客气客气！毕竟你家的砖他不心疼。大家说，迟早有一天，老黄得像老菜皮那样，丢了点小钱就能活活把自己气死。老黄抿着嘴，那你们捐款给我呀，我就不去寻死了。

小官讲，老黄这种小气卵子，但凡铁皮盒里还有一分钱，哪能舍得去寻死。小官的眼睛是很毒的。

3

摸清楚老黄的套路，小区里的人不再去找他买水果，宁可穿两条马路走十多分钟去菜场里买。即便这样，老黄的水果摊竟然不声不响地在小区大门口这黄金地段摆了有七八年的时间。每当人们掐着手指头算出这个可怕的事实，都带着一股见不入眼的嫉恨大声叹气道：哪可能啦！

人们问他，老黄，你的水果这么蹩脚，谁人来买啊。

老黄就苦着一张脸，好像汰碗池里一只用久了的丝瓜精，皮皱皱的。他讲，没人买啊，生意差，吃不起饭啊。

可是大家分明有数，这些年老黄硬是靠一只铁皮盒里的铜钱买下了两套房，一套在小区里，一套在外面。

老黄扒分这么凶，自然有眼红的人要跳出来，讲老黄赚的都是黑心钱。有人总结说，老黄这个摊位好比码头出来第一爿杂货店，食堂里唯一的饮料窗口，下了船的犯烟瘾，放了学的嘴巴干，没办法，再贵也得咬牙买了。

人们讲来买老黄水果的，都是小区前门进后门出的过路人，他们下班经过，或是偶尔进来看个亲戚，就顺手买一点。老黄盯准了这群目标客户，狠命敲人家竹杠。

还有人说，老黄的水果蹩脚，不是他不懂行。伊门槛不要太精哦，农贸市场去一趟，专门问人批便宜的、快要熟的那种水果，纸板箱装装好，拿回来高价卖，闷声做坏生意，哪能不发洋财。于是有人特意关照来做客的亲眷朋友，小区进门口那家水果摊不要买，老板不上路，物件也推板。

此等风言风语，老黄一概不理。你若问他，老黄，生意好吗？

他定要对你诉苦，日子过不下去啦。你若问水果好不好，他必拍着胸脯跟你保准新鲜。你若不问，他就坐在那里，看人来人往，上班下班，看住自己身下一只顶顶要紧的铁皮盒子。

小区里的人不爱买老黄的水果，可这丝毫不妨碍大家在水果摊聚众碰头。早上，午后，夜里，人们借他的地盘，搬几只凳子，乘乘凉，扯扯闲话，打打牌，偶尔也当着老黄的面骂他奸商。老黄并不介意，按他的生意经，摊上人越多，过路人越要轧闹猛[①]，于是总有人会顺手买点走。他躺在摇椅里，朝外眯缝着眼。闲人们则捧着茶杯，抓一把香瓜子，挤在水果摊四周，像一根一根卖不掉的甘蔗，你倚着我，我倚着你，从早上站到晚上，走掉一根，又插进来一根，互相看看，互相盗取些新鲜见闻。他们叽叽喳喳地聊，老黄的水果生意，就这么不声不响地做着。

唯有草鸡蛋，大家是要找老黄买的。老黄老婆有一帮乡下亲戚，定时定点要送好几篮子货真价实的草鸡蛋来。大家说，宁可信老黄的乡下亲戚，也信不过老黄批来的水果。老黄并不反驳。在他看来，凡能做买卖的，就没有拒绝的道理。鸡蛋好卖，鸡蛋就是最上乘的水果。每到月头，老黄便会在水果摊旁边支起一个小黑板，上面写着一行字：草鸡蛋来了。

看到草鸡蛋来了，甘蔗们也便一根一根走过去了。

①吴语，表示“围观”“凑热闹”。

4

老黄名声这么臭，连小孩也不亲近他。小区里有那么多大伯伯，印象里我从没叫过他一声老黄大伯伯。路过点个头就算数了，大人绝不怪罪你不讲礼貌。也许在他们眼里，尊重老黄是一种浪费。可我还是要讲讲他。没办法，哪个电视剧里没个丑角、反派、糙皮脸呢。老黄就是这么个款式，在小区里待了十来年，没几个人讲他好话，他不还是过得挺适意，大家不还是照样吃完饭朝水果摊聚拢过去。进一步说，不是老黄要紧，而是老黄的水果摊对这部电视剧实在是太要紧了。不管怎么拍，镜头都躲不掉这块背景。

小区进大铁门两边，外面报亭，里面朝左是小官的传达室，朝右是毛豆的臭豆腐摊、巧星美发屋，中间夹着一栋外地人开的房屋中介，底下便是老黄的水果摊。这摊头自树立以来，聚集过多少人，打过多少副牌，飞过多少唾沫星子，流传过多少件轰动小区的喜报或丑闻，谁也讲不清楚，老黄自己也不知道。他两只手能掰算清楚的，大概就是这些年在水果摊前发生过的大型战役了。

小区里的人吵架是很奇怪的，那是一种流动的战役。两个人在屋里吵着吵着，就要开窗通风，叫大家都来听一听。吵着吵着，又要从自家屋里挪出来，站到楼道上，叫大家都来看一看，顺便吸收几个帮腔的。再吵下去，就要挪到室外了。杂货店门口、停车场拐角，哪里人多，就往哪里去吵。那吵架的双方尽管势不两立，在位移的方向和时间点上却有着一种心照不宣的默契。几经辗转，双方已经裹挟了一大群忠实的围观者，像一朵积雨云，黑压压的，缓缓地蠕动着。战役升级至顶峰，在前往居委会评理的路上，也就是转移到小区门口的时候，演员和观众便自觉停下来，好像前者找到了自己的斗兽场，后者找到了最佳天象观测点一样，准备在人口流动最汹涌的台面上大干一场。

大家听听看，这种人有吗？

破烂货，覅面孔！

谁人不讲道理，自家心里有数！

婆婆埋怨媳妇在家不劳动的，五楼浇花弄湿一楼晒干衣服的，狗咬了隔壁老人不肯赔偿的，统统都在小区门口吵。这是一个相当要紧的关子，谁会吵，谁就能吸引人驻足聆听，有人听，就有人来评理，这是吵架的人最需要的武器。

啧啧啧，这就是年轻人不对了。

有钞票搬出去呀！覅住底楼啊！

这年头人还不如狗了！

可是一朵乌云老堵在大门口叫车来车往的怎么过，小官就会把人群赶到旁边去。久而久之，要吵架的，来帮腔的，想围观的，就自动挪到老黄水果摊前面。老黄呢，就像个县太爷似的，稳稳地坐在躺椅里，跷起一只瘸了的脚，眯着眼听大家吵架、评理，自己从来不多说一句。

有些人骂到嘴巴干，就借老黄的热水瓶倒满一茶杯继续骂；有些人站着听累了，就坐下和老黄讲起闲话来，草鸡蛋啥辰光来啊。也有人干脆转头去围观打牌了。路人呢，一看水果摊前如此热闹，便要挤进来挑挑新到的货色，或者问问，西瓜啥时有啊。等乌云完全转移到居委会，老黄门前恢复平静，便留下了一地的瓜子壳、话梅核，不小心还会踩到几口愤怒的老痰。这就到了老黄发言的时候了。

后面几天，那些因为上班错过好戏的人，谁要来听故事，就去老黄那里坐一坐，几个人描摹气氛，你演一句我演一句，高度还原现场给他看。老黄是什么都知道的，他就等诸位七嘴八舌讨论某个细节的时候，幽幽地说上一句，是伊先动手的，我看到了。大家便信服了。毕竟凡是发生在小区门口的战役，没有哪一桩是老黄不曾见证的。

老黄不是居委会，概不断案，可是他眼门底的战火绝对不比居委会的少。如果把他见过的战斗统统记录下来，也许能编一部《小区战斗大全》，可惜他只记自己一个小小水果摊上的生意经。这么想来，一个小区和一个世界的历史是毫无差别的。日复一日，经年累月，小战役渐渐被遗忘了，只有那几桩反复被人说起的大事，常说常新，版本多变，终于被人们口口相传而垂于史册。有时刚见证完一场争吵，人们便要拿它同从前几场类似的比较一下，看看谁更厉害，说着说着，忍不住就要回味起那些经典战事来。

近几年里，大家公认的，发生在水果摊前称得上“经典之战”的事体大约有三桩。老子对儿子一桩，女人对女人一桩，还有一桩，是唯一一次老黄亲自披挂上阵的水果霸权之争。

5

先讲前两桩给老黄的事迹作个兴。

大不同和小不同在小区里的名声，跟怪脚刀小刀父子不相上下，都是子承父业，家传流氓。大不同早年在大不同牛肉店里切牛肉，故得此名。他儿子从小顽劣不堪，到初中已经是本地杰出小混混头目了。我对小不同了解不多，只记得为了保障其他同学的安全，他的课桌被单独摆在讲台旁边，由老师专门看管。做眼保健操，全班唯有小不同瞪着一双圆眼看来看去，也没哪个检查员敢上前纠正他，更不敢扣分。印象最深的是军训喊口号,教官在上面喊“向右看齐”，他在下面喊“酱油蘸鸡”，搞得整个队伍笑得颤抖失形，教官气得半死。后来小不同毕业参军（不知他还蘸不蘸鸡），大不同改行去医院当食堂师傅，在住院部发盒饭的时候，认识了和小不同一样年纪的小护士，被小不同他妈抓了现形，他就要和家里彻底了断。

那天大不同回来分家当，被小不同带着一帮兄弟截住，两人僵持在水果摊前，摆出了要决斗的架势。甘蔗们哪见过这杀气四伏的场面，一根根纷纷聚拢过来。父子俩瞪着血缘铸造的如出一辙的凶狠大圆眼，沉默，不动，伺机等待某一时刻，忽然开始对骂，污言污语喷涌而出，骂着骂着就变成了互相骂娘。

赤你娘!

赤你娘个 ×！

可是操小不同的娘就是操自己的老婆，操大不同的娘就是操自己的奶奶，这叫甘蔗们听了笑得颤抖起来。何况细想，大不同早就不想操自己的老婆了，不正是一心想操小护士才非要离婚的吗，这么骂下去多少尴尬。人群中发出了不耐烦的窸窸窣窣，仿佛这场面辜负了他们的期待似的，两人倒全然没察觉。在另一个要紧关子，大不同骂了句你娘也不是好东西，小不同猛扑过去，父子俩顿时扭打到一起。谁也没带武器，好像这场肉搏纯粹为了拼脸面似的。战火升级，后排小兄弟冲过去要把两人扯开，可是大小不同就像胶水一样牢牢黏在一起，怎么也分不开。最后一道摔进了老黄的水果摊。香蕉落了一地，老黄过去捡，被小不同一声怒吼，吓得他抱起铁皮盒就往外蹿。两人被分开的时候，脸上已是青一块紫一块了。站定，还要打，硬被拉住，便继续对骂起来。至于他们最后的对话，好像是:

你不是我儿子!

我没你这个老子!

父子打架人们并非没见过，可像这样带着江湖味道的公然决斗，不在场的人恐怕都感到遗憾。看完一场露天黑帮片，甘蔗们有的骂大不同不得好死，有的怪小不同太不给老子面子，最后在世风日下的叹息中陆续散开。结果是大不同净身出户，小不同和母亲一道住，两人断绝父子关系。老黄叫了半个月的冤枉，谁也没有赔偿他那些摔烂的香蕉。

小官却说，你的香蕉太生，摔熟了更好吃。

谁也没有不得好死。后来大不同和小护士结婚，没几年就生了新的小不同。小不同不久也讨了老婆，生了小小不同。老黄的水果摊和从前也没什么不同。

6

另一桩是两个文艺团体之间的战争。自从广场舞兴起，小区篮球场上的中学生便销声匿迹，这里很快变成了广场舞阿姨的地盘。每日夜饭后，篮球场就像吸铁石一样吸进了各式各样的老阿姨，收音机一放，队列一排，半个小区都能跟着晃起来。小区里最初仅一支舞队，后来不知怎么闹了分歧，独立出一支小分队，七八个人抢下后门一块空地，跳不一样的舞蹈，老死不相往来。

导火索是元宵表演，两支队伍都报名了，可是上头规定，每个小区只能选送一支代表队伍。为首的阿姨一个是小区干部，一个是本地富婆，双方便明争暗斗起来。原本说好群众投票，结果篮球场战队提前宣告胜出，搞得后门战队怒火中烧，一口咬定敌方头领徇私枉法。于是在一个本该广场舞曲四起的傍晚，后门战队风风火火地朝前门走过来。

按道理说，女人和女人的战争如果不是到了忍无可忍的地步，一般是不会发生正面冲突的，她们只会选择在背后戳脊梁骨，靠口耳传话过去，来来回回制造间接袭击。一旦正面开火，基本上就是灾难片了。

那天双方头领，一个高大胖，一个小精溜，各拎一只放着舞曲的录音机，往地上一扔，叉着腰就对骂起来。她们彼此站得很远，完全够不着肢体冲突，像小学生接力比赛必须保持的距离，看得清脸，看不清表情，这有助于发起攻击而不受干扰。更重要的是，她们得留出空间向围观者控诉对方的罪行。什么下三滥呀、破烂货呀、不要脸呀，喷薄而出，可是在录音曲巨大的轰鸣声中，再高级的称谓都被淹没了。每个人脚上仍摆着斯文的舞步造型，胳膊却一只只都伸出去指指点点了。过路人反应不及，只觉得分贝很高，节奏很快，头脑晕眩，好像有一根根冒着火星的手指头在空中飞来飞去。汽车过不去，小官不敢劝，老黄的收音机变成了蚊子叫。

头领互相攻击，队员们则负责同身边的围观群众演讲，一方说对方如何舞弊，另一方指责对方毁人清白。她们说得可响了，让你感到嘴巴虽然朝着观众，枪火分明是冲着对岸的。观众不敢发言，稍有点历史经验的都深知，女人群战如同浑水，切莫乱蹚，到时死在乱葬岗也未可知。何况人群中有好多是广场舞姐妹们的老公，哪个敢评理，回家必定死得很难看。大家就这么静静地站着，看那些本是同根生的粗粗的黑色打底裤、花花绿绿的裙子、银手镯、金耳环和珍珠项链们如何厮杀，如何收场。

末了，高大胖头领开腔：不服，大家现场投票。支持我们去表演的举手！

人群中不见一只手。

小精溜头领见势立刻接话，支持我们的请举手！

人群中仍无动静。大家好像都是断臂膀的残疾人。气氛很严肃，饭后活动的小孩和狗都不敢乱叫了，只有录音机还在激动地播送下一首舞曲。

后门造反无效，选送代表团不可变更。居委会来人总是像港匪片里的警察、古装片里的侍卫一样，人死了再冲过来救场。还救什么，只能安慰几句：勠恨勠恨，下次机会有的是！拍着肩膀把她们送回后门去跳舞。

人走光了，老黄摇着蒲扇说，跳舞？跳啥舞！劳民伤财。还是我老婆，做做生意，多少省心。以后每次有人反刍起这场惊心动魄的广场舞大战，老黄总会拿这一句点评收场。

跳舞？跳啥舞！劳民伤财。出来做做生意，多少省心。实业家老黄的收音机里从来只播新闻，不放歌曲。

7

广场舞一役，说到底还是那句老古话：一山不容二虎。老黄的水果摊摆了近十年，对这道理高悬于心，一双小眼睛时时监控着小区门口的每一个陌生小贩。卖蔬菜就算了，但凡有什么人试图骑个三轮车溜进小区来卖点水果，老黄立刻驱逐，概不手软。他学着小官的喉咙吓唬人家，哎，进来做啥，出去！出去！这里不好摆摊。有时还戴一个假冒的红袖章充当城管，挥起手臂把人统统赶出去。他说，赤逼，再来，罚款噢！好像他自己不是个摆摊的小贩似的。

不知哪一天起，老黄的天罗地网里漏进来一个叫齐光荣的乡下人。此人开一辆小卡车，卖些自家种的当季蔬菜，早上来，晚上走，和老黄一样待得久，肯吃苦。也许老黄当时以为不过是个种菜的，卖完一季就走，不想短短几天就被他扎下了根，还飞快扩展起了本地水果业务。齐光荣的摊子就和老黄隔开两个拐角，彼此勉强能望到个影子。他高高瘦瘦，一副老实人面相，和善态度底下，其实很有一套生意经。袋子，随便拿。零头，一律抹去。怕不新鲜，开一个角给你尝尝。种种讨好顾客的举动都和开霸王店的老黄形成了鲜明对比。何况乡下人自己种的东西本身就比农贸市场里批来的可信。几周下来，人人都体验过了小区里新的水果摊子。

齐光荣会做生意，聊天也聊得好。问他水果怎么挑，他要从怎么种开始讲，买点时令蔬菜，他要跟你探讨怎么做最好吃。渐渐地，甘蔗们也喜欢围到他那里去了。他们在他那里倒水喝茶，嗑瓜子聊天，很快分走了老黄门前一半的热闹。最要命的是，齐光荣也带草鸡蛋来卖了！活活将了一军！老黄的王牌生意眼看着要被人抢走了。老黄不干了。

傍晚齐光荣收了摊，将车开到小区门口，停下来跟几个熟人打招呼。只见老黄拿起一把水果刀从自己伞底下走出来。

下来！

老黄那副阴阳怪气的笑脸早就不见了，好像变了一个人，神情严肃，走到齐光荣车头前。一声怒吼，吓得齐光荣老老实实落了车。

人们知道大事不妙了，老黄那张脸黑得像快要下雨的天，前所未有的恐怖。甘蔗们赶紧往回跑，召唤相邻们出来看。几个过路人匆忙驶过，生怕卷进莫名其妙的战火里。

老黄说，先来后到，不懂是吗？不讲规矩是吗？

齐光荣虽然老实，要紧关子倒一点也不尿，只回一句，做生意要讲道理。

两人不冷不热的话来回扔了几句，没见谁会示弱，气氛颇为可怕。围观的人越来越多，老黄可是能编撰小区战斗大全的人，战火到什么节骨眼可以升级，他脑子里明白得很。

后来上演的，是一场著名的中老年肉搏战。两个年纪加起来超过一百岁的男性，穿着拖鞋和汗背心，垂着松弛的奶，头顶心滋着汗珠，在下班人最多的小区大门口打起架来了。人们缩在两边，手心手背都是熟人，哪个都不能轻易偏袒，只得悄悄把水果刀移走，然后任由他们打着。每一回合都叫人捏把冷汗，生怕一个给另一个撞出高血压，打出心脏病来。

最后并非像电视剧那样，某一方道歉，或是双方打出感情来，从此称兄道弟，和平共处，那都是扯。一山不容二虎的事，自古就有，居委会来管也没用。这场战役堪称小区战斗史上的皇冠大战，因此它的结局要符合历史上大战役的尺寸和规格。两国互不罢手，国际组织插不上嘴，但毕竟耗时耗力，气喘吁吁，只能靠一份口头协议约束彼此。从此你摆你的，我摆我的，井水不犯河水。条件是齐光荣要搬到老黄看不见的后门去。因为老黄嘴里一直说，畜生，别让老子碰见你！居委会就在这句话里钻空子，下功夫。

不过大家心里都有数，定了这个协议，这场战役基本上就等同于老黄输了，他承认了齐光荣在小区里做买卖的一席之地，从此不再具有码头出来第一家烟酒杂货店的垄断优势了。

齐光荣是个成功的商人，在后门摆了没多久，他就问小区某户租了车棚，搭一长排放水果的小架子，在面朝马路的交通要塞支起了自己的新店面。蔬菜、水果、草鸡蛋，一样不落地卖着。白天他就坐在车棚里，比伞下的老黄适意很多。人们搬来乘凉的凳子，到夜里就锁在车棚里，久之就有了固定的位置。

老黄的地盘越来越空旷，收音机里的新闻也因此变得响亮了。老黄的生意一天比一天难做了。

8

某一天起，老黄突然又笑了。他讲，同志们，我要打翻身仗了。

老黄说，小区门口要大改造，破破烂烂的店面一律拆光。

人家问，你这破摊子就没人管？

不要紧，不要紧，我上面早就烧好香了。

老黄门槛精，消息灵通，他笑眯眯地给大家描绘未来的图景：房屋中介拆掉，臭豆腐摊取缔，剃头店关门，门口剩下传达室和翻新后的水果摊，有棚有顶有样子，一间清清爽爽的黄记水果超市。老黄说，不要讲我抠门，到时候开业大放送，大家来抢便宜货啊。此言一出，闻者都很激动，终于有得拔千年铁公鸡身上的毛了。

执行方案一公布，傻眼了，门口两席赫然写着：值班亭和报亭。人们问，老黄老黄，你的超市呢！老黄气得跳脚，转头就跑去社区讨说法。答他，都是街道办事处决定的，我们也没办法。老黄，你现在要做的，就是服从指挥，顾全大局，一周内把自己的地盘清空，腾出来让给报亭。至于这摊位该去哪，除了老黄自己，谁也没有认真考虑过这个问题。

整整一周，老黄都躺在伞底下抱怨，到晚上九十点钟还不肯走。他想不通，两手抱着铁皮盒子捂在胸口，闷得一张脸都豁进去了。他试图像所有在他眼前吵过架的人那样，边诉苦边到处找人评理。可是哪有人来帮腔，比起一个干净的报亭，谁会觉得缠绕着瓜子壳和麻将牌的水果摊更体面呢，何况有了齐光荣的车棚卖场，老黄分明是多余的了。

人们猜他必定是心疼自己烧出去的香，勉强安慰说，算了算了，人都退休了，不差这点钱。老黄吃了哑巴亏。最终还是把自己的大广告伞收回家去了。

9

没过几天，老黄重出江湖。几只脸盆盛着水果一字排开，竖起小黑板:清仓大优惠。趁着还没施工,老黄在旧地盘搭起了违章建筑。

老黄自从吃了亏，悄悄转型打起了亲民牌。他冲着路过的小孩笑，招招手，宝宝来呀，公公给你吃东西。就把小孩招呼过去尝点鲜头。尝了几口，大人们觉得不好意思，又看便宜，只好买一点带回去。买零的，就往脸盆里称一些，买整箱的，老黄就带人回家去搬。人不在的时候，他把小黑板竖在座位上，“回家搬货”或是“有事外出”，底下留一串电话号码。

人们心里都晓得老黄水果积压太多，心软的老太婆，常来聊天的熟面孔，大家厢里厢邻，路过就买他一些，替他分担。下班的人从车窗里探出头，算了算了，不要找了。老黄的生意竟在关张之后出现了前所未有的红火。

很快大家发现，就像街上那些“最后十天！跳楼甩卖！”的店面一样，老黄的清仓水果怎么卖了好久都没卖完，才知道老黄又偷偷去外面进货了。人们讲，这个黑心老黄又拿我们当葱头啦！失业了还想捞一笔！于是渐渐就不买了。

等到门口施工，老黄的脸盆阵再也摆不开了，这下是真的货物过剩了。老黄空着手，搬只躺椅往传达室旁边一坐，别人问他，他说，没啥，我就是来乘乘风凉。实际上老黄的眼睛牢牢盯住门口，一见到陌生的过路面孔，就像个黄牛一样凑近问一句：

水果要吗，水果要不要？

这可把人给吓坏了，好像什么毒贩子的接头暗号似的，人们举报他，扰乱小区治安，不准他在门口追着人促销。于是老黄又像办证一样，印了几十张小广告，从自家门口到传达室贴了一路，希望有人能按图索骥找过去。

人家嘲笑他，老黄卖黄金宝贝咯，藏了一屋，画了地图，大家都过去看看。

进去一看，满屋子都是纸板箱，迎面一股腐烂香蕉的味道，他还舍不得扔。老黄的黄金积压太多，卖不出去就要蚀本了，只能靠老婆半天半天出去打游击。有人敲边鼓，趁没坏，老黄你做回好人，分给大家算了。老黄死活不肯。社区问他讨来办活动，他也只卖不送，宁可看着坏掉，这下大家都骂他了。

老黄做人太不上路了！他们走过骂过，就到齐光荣那边去乘凉了。

老黄的地盘很快建起了报亭。报亭光秃秃的，四周毫无倚靠之处，老师傅戴着老花眼镜，一个人静悄悄的，不同人啰唆。人们视觉上不太习惯，但没几天也就适应了。

这是当然的，谁没搬过家呢，谁家没扔过东西、没死过人呢，一个嗑嗑瓜子聊聊天的别人的水果摊，有什么好去回想的呢。没了就没了。

老黄的水果卖了，还是烂了，后来没听谁提起过。毕竟捞不到便宜，大家也就不再关心了。只看到他家窗台底下不声不响地又挂出来那只黄金招牌，灰黑底，一行歪歪扭扭的字：

草鸡蛋来了。

看到草鸡蛋来了，好像老黄的水果摊还魂了，甘蔗们便像从前那样一根一根围过去了。

阿金的故事

1

有一种说法叫做老来得子，必有神童。

一听到这句话，阿金就马上挺着胸脯站出来了。

阿金四十岁结婚，隔两年养了个男孩，叫明明。明明小时候皮得拆天拆地，东家进西家出，总要搞点破坏，小个便，踢个痰盂罐，朝人阳台上扔点石卵子也好的。有人发现了就大骂他，小赤佬！不巧被抓了现行，大人就直接提着衣领找到他老子面前，一把扔过去，小孩管得来吗。阿金只好隔天带块酱肉上门。有一次明明砸了啤酒厂三排窗玻璃，当真要赔的，阿金气得不行，倒拎着他两只脚杆，像拎着一只鸡一样，一路冲到秋泾桥顶，畜生，再皮，秋泾桥上丢你下去！明明两只手在半空中抓来抓去，号声大得引来黑压压一片人堵在桥头围观。见者通风报信，明明妈就一路哭着喊着赶过来求情，阿金才肯把小孩放下。

这句话嘛，说起来也有三十年了。每趟阿金跟人讲完这个故事，都会这样收尾，然后点一支红双喜，坐下来休息一会。

大家都以为明明长大一定会变成跑江湖的。谁想到了读书年纪，明明却显出骨子来。按阿金的话说，小孩越是皮越聪明，到了高中，见伊随便用用功，成绩就噌噌噌往上飞。后来明明名牌大学毕业又公费出国，读完博士就留在外面工作了。别人问起，阿金就说，哎对的对的，加州，加福州。

阿金每天都在自家店门口跟人讲这桩人生成就，碰到面生的客人，那更是说得眉毛飞上飞下，恨不得追着人一路说回家。客人遂报以羡慕又佩服的眼神，老师傅教子有方啊，培养出这么厉害的小孩。阿金就等着这句话，一听到这，他就说，真真是我脑子也灵光，只不过没碰上读书的年代，讲起来我们明明有出息，到底我也有功劳。于是就给人讲自己捉田鸡的故事：

当时我们住在标牌厂宿舍，后面大片野田，一到夏天就积了水。明明夜里写作业，田鸡就在窗外面咕咕咕咕叫，明明很烦的。伊讲，爸爸，窗门关上好吗。但是窗关上呢又不行，不通风，太热了。我就想出个办法来，穿这么长一双套鞋噢，他弯下腰去比画膝盖，伸到水里去捉田鸡。这片田风凉呀，赶是赶不掉的，隔一会田鸡又要来。我就拿着手电筒照牢，一只一只捉，捉一只，蛇皮袋里放进一只。捉来差不多了，绳子扎紧，一直骑到秋泾桥后面扔掉。明明考试前么，伊复习一夜，我就在外面捉一夜。

哟，厉害厉害。如期看到客人的反应，阿金就很满意，很开心。

路过的熟面孔都不响。倒拎上秋泾桥和夜里捉田鸡的事情，大家熟得都能背出来了。客人听完夸一句就走了，从来不会问，你们明明几时回来啊。小区里的人心里都清楚，明明到美国去之后，这十多年里只回来过两趟，上一趟还是五年前，南方罕见地下起大雪。再上一趟是明明妈过世。

五年前阿金大出风头，带着明明东家进西家出。明明回来了噢，明明回来了噢，像个收废品的，恨不得整个小区兜转一圈。那年冬天冷得地上结冰，大家都躲在屋里，只有不怕冷的小官还在看大门。老黄仍支着他的水果摊，被人说成拿性命扒分，老年棋牌室里照旧烟雾缭绕。阿金拖着又高又壮的明明，像拖着八岁小孩到处闲逛。路上碰不到，就敲门找熟人打招呼：看啊，我们明明回来了。然后转过身说，明明，徐爹爹还认得吗。明明啊，你以前在闵珠阿姨家吃过饭的。像开忆苦思甜大会一样，把陈芝麻都翻出来炒个遍。明明跟在后面，话不多，挨个问好，住了大概三五天，给明明妈上过坟，就回去了。

之后就再没回来过。

阿金还是坐在自家店门口，到处寻人讲话。年底了，有人路过就问，明明今年回来吗？

阿金笑着摆摆手，不回来，不回来，要毕业了，寻生活要紧。

又到年底，又有人问，明明今年回来吗？

阿金说，不回来，不回来，伊做生活忙。

新年头上，有人又问，你们明明几时回来啊，结婚没啊？

阿金说，伊忙，伊忙。

后来就再没什么人问起了。

2

阿金姓汪，名字里也不带个金。只因他常年经营一爿五金店，大家就喊他五金五金，后来不知怎么，渐渐喊成了阿金阿金。阿金的店开在小区对过的批发市场里，数进去第三家。从小官的传达室望过去，先看到一个大大的“秤”字，在风里一扭一扭的。阿金指着它对刚搬来的人说，看到吗，这面大旗底下就是我的梁山泊。穿过马路细看，“秤”上面还顶着四个小字叫做“百年老店”。

客人就说，阿金师傅了不得，百年老店啊。

阿金就等着听这句话，一听到这，他就说，那肯定，我家这个招牌是爷爷的爷爷手里传下的。

可是走进去呢，清一色卖的都是小五金。

阿金继续说，现在不行啦，我家老早在北京路那爿店，真真是开出名气的。

碰到年纪大的，稍一回想就知会了，噢！汪家秤店就是你家开的啊！

哎——！

听到这句话，阿金就像碰上了接暗号的侦察员同志，一下子伸长了脖颈爆发出一个长长的“哎”，叉着腰的上半身连着光秃秃的脑袋，一道跟着这个“哎”前前后后地摆动，又惊喜又满足。然后给人点上一支烟，扳下人家的肩膀就要坐下来叙叙旧，吹吹牛。

碰到年纪轻接不上暗号的，阿金就腾出一只叉着腰的手举到胸前摆几下，挤出一个短短的“哎”。哎，你们那时候还小，没印象，我同你们讲，以前的秤店，哪里来的电子秤，卖的是秤杆、秤砣、秤盘、穿秤砣的麻线。大到树一样粗细的杆，小到细丝一样。他一边说一边比画，几斤几两么，喏，全靠两只眼乌珠看出来。像我们做生意的人，什么东西拿到手里一掂，几斤几两心里就有数了，好比摸麻将牌，轻轻一搭，胡不胡就晓得了。

阿金讲着讲着，就讲开去了。

店里的老阿姨倚在柜台后面插嘴，阿金这双手啥时候摸过秤杆，一副老K牌么，倒是摸了一辈子的。

老太婆，死远点。阿金就骂。

有些年轻人听了觉得没劲，就走了，阿金也觉得没劲。他讲话最喜欢别人给他激烈的反馈，你如果眼睛盯着他，阿金就会很满足，你再稍微答几个“嗯”，他就更来劲，两只袖子管往上一撸，双手叉腰，弓着背就要给你讲更多旧事情。但也有人会提问，阿金师傅，你家秤店这么有名，怎么卖起五金来了？

哈哈哈哈，阿金一定会先笑几秒，随后一副过来人的口气训导你，你以为秤店好啊，秤店早就不时新了！我这个五金店么，倒真是花头不少。不瞒你讲，要是没我这爿店么，他指了指小区里面，随便哪一家水管爆掉了，我保证，走半小时都找不到地方配一根新的。

阿金有两个兄弟，两个姊妹，自己排行老五。就有人借此嘲他，怪不得阿金接不到秤店，只能开开五金店。

也有人说，北京路拆迁那年，汪早迟分家，三兄弟分一间店面，阿金就得了这一面旗。

3

阿金家确实是祖传开秤店的。光明街走到底，端平桥下来，老底子北京路上最当中的一家汪早迟秤店，就是阿金爸爸的门面。阿金爸爸呢，也是从阿金爷爷手里接下的。那时门外就挂着这面大旗，一个大大的“秤”字上面，顶着四个小小的“百年老店”字样。正中一个大牌匾，白底黑字，不知请谁金笔一挥题了“汪早迟秤店”五个大书法。门口端坐着两个和邮筒一样绿的磅秤，像一对镇店门神，左右站岗。店里面摆满大大小小的秤盘秤砣秤杆，也有机械秤、手提的玩具秤，比较时新的是那种带着圆盘刻度的立体秤，一般卖肉的才需要这样精确的道具。汪早迟就在这些秤中间走来走去忙碌着。

那时的北京路也是批发集市，水果干货，红纸锡纸，各式各样齐全。原本就不宽阔的马路，被随处支起的露天小摊逼得更窄更挤，脚踏车一部勉强通过，两部迎面的话老远就要喊了，来，让开，来。最后有一个势必要下来推行。走路的人如果拎着两袋东西，就只能像螃蟹一样横行了。要是拎不动了，就在汪早迟秤店门口的磅秤上放一下，顺便称称看有没有缺斤短两。有人带着小孩，走过秤店就要站上去称称分量，圆秤砣一块一块往上加，直到平掉为止，蹲下来看看刻度，测量小孩最近长胖了没。

磅秤角落里一只簸箕，原来也是秤盘。下雨的时候专门拿来接屋顶的漏水，多年下来竟有要穿的架势，就干脆拿铁皮剪刀剪开来，扫地用。还有一只秤盘竖吊在门外，像一面铜锣，和大旗遥遥相对，放学走过的小孩手痒起来，就要拿铅笔盒去敲一记，“铛”的一声，混混沌沌一直要响到北京路最里面。有人趁机喊，收摊啦，收摊啦。汪早迟店里的伙计就走出来，小赤佬，跑开！有时碰到下雨或什么，也有人借来敲两下，落雨咯，落雨咯。里面的人就赶紧把支在露天的摊子收进来。干货店里的女人手脚最快，瓜子淋湿了是要潮的。

北京路在二十年前就拆了，汪早迟秤店里有什么，我早已不记得。这些事情都是阿金跟我讲的。那时我和几个伙伴放学回来就喜欢先到阿金店里去坐一坐，也不是想听他讲故事，实际上他翻来覆去总是讲这些，主要是为了听完之后的奖励。他会到隔壁小店给我们一人买一支奶油棒冰，他自己专喜欢吃红豆皇。若是冷天，他就领我们到路口老太婆那里买萝卜丝饼一人一个，吃完看我们过马路。这样等回到家吃晚饭的时候，肚子里有一只角已经填满了。

妈妈讲，老是吃人家阿金的东西，这样好吗?

老王就讲，不要紧的，阿金自家小孩不在身边，待人家小孩好一点，伊自己也开心。

4

有一句话形容人会打交道，叫做韭菜面孔，一拌就熟。阿金就是这种面孔。五金店里来来去去的客人只要拌过一次，以后基本就认识了。但阿金常说，我这个人脑子活络，样样来塞[①]，就是当不来账房先生。所以阿金自己的生意，阿金从来不做。

从前都是明明妈里外一把抓，阿金呢，只须捧一只茶杯，搬一条长凳，坐在店门口跷跷脚，说说话，忙的时候帮忙搬货，空下来就一头扎进棋牌室，到晚饭边再回来。明明妈走之后，阿金一度想关店，可是关了店去喝西北风怎么行，有人就劝他招个小工来帮忙。

①吴语，表示“人有本事”。

两个条件，一要会盘账，二要会烧饭。说是说招小工，实际就是找个人顶替明明妈以前的角色，所以来的几个都是丧偶的老阿姨。做得久一点的，大家都有数，基本上就是走拢班子了。

小官早上出来开大铁门的时候，阿金就捧着一只茶杯到店里去。卷帘门一撑，抽屉锁一拧，上午的任务就完成了。老阿姨在店里收拾打扫，阿金就在路口吃早茶，巡视着来往的车辆。等上班的人都出空了，小区又恢复宁静，各路闲人陆续前来活动，小官就隔着一条马路喊：

阿金，过来打牌！

阿金就丢下饭碗跑到传达室去打牌。

到了中午，老阿姨隔着一条马路喊，阿金，过来吃饭！

这副打掉就来！阿金又喊回去，嘴里衔一支红双喜。

有时说回就回，有时打完一副输得不甘心，又打一副，又打一副。

不见人来，老阿姨喊得更响，阿金，耳朵生不生！

阿金，我要汏碗了！

阿金就把牌递给站在旁边看的赵光明或者老黄，让他们接着打，自己冲回去吃饭。

碰到店里有事，老阿姨又隔着一条马路喊，阿金，过来！喊不到人，或者喊了很久再回去，老阿姨生气地骂几句，阿金脾气就上来了。

老子打牌要你管啊，你当你是谁啊。

阿金一生气,就要叫阿姨走。火气大的阿姨,追到小区门口吵架,隔着马路吵架,吵完就真的走了。不经骂的阿姨,哭哭啼啼还不上嘴,被阿金气走了。阿金只好再找过。

大家都说，也只有明明妈这种老好人，才受得了阿金的狗脾气。

憋在心里也难受啊，不然明明妈哪会生这种毛病。好多人觉得，明明妈早早走掉，正是嫁给阿金这些年做牛做马累死的。

还有人在背后说，明明长久不回来，也是心里记得妈妈的苦。

阿金的大哥汪道兴就是这么说的。

5

从阿金的店朝南笔直走一刻钟，翻一座桥，就会看见大杏路口一爿汪道兴秤店，这是正宗的汪家秤店，是阿金的大哥从汪早迟手里接过来的。店门口挂着一模一样的“秤”字大旗，里面站着各种大型机械秤，走进去一股冰冷的金属感。汪道兴年过八十，早就把店交给儿子，自己则常在人民公园附近吃茶打牌。兄弟俩一样的韭菜面孔，逢人就要讲自己的好。

我汪道兴，他讲，是忙过一辈子，现在停下来享受享受，伊汪巧兴，这辈子就是个白相人。当年为啥伊分不到店面，我在北京路学生意，汪福兴在轴承厂上班，大家蛮好。只有汪巧兴每天跳舞、打牌、白相女人，没正经事情做。爸爸讲，分给伊也是早晚叫伊败光，索性狠狠心。

汪道兴说到此处摆摆手，一头秃顶，身体精瘦。

在汪道兴洋洋洒洒的人生回顾里，阿金总是扮演着相形见绌的负面角色。但是他又不得不承认，阿金这个人运道实在太好，上辈子积了什么德，白白讨了个能干老婆，养了个聪明儿子。

汪道兴讲，你以为没这个老婆，巧兴过得下去啊，老早喝西北风去了。伊活到四十岁混不出一点市面，没办法，只好爸爸帮忙，讨一个足足小一轮的乡下老婆。也是福气，偏偏乡下女人精明能干，又肯吃苦，还想出来借汪家秤店一点名气，另开一爿五金店。人家每天忙进忙出，伊就脚跷跷，牌打打，老酒吃吃，吃醉掉就回家打老婆，摔门面。明明妈打怕了，关起门不让伊进来，伊就半夜三更打 110，摔酒瓶子，吵得邻居不消不省。多少年了，大家心里有数，这爿店叫是叫汪巧兴五金，实际上同伊有什么关系！从来只晓得白相、打牌、搓麻将，明明妈赚来多少，被伊输掉多少。到头来么，一场空。

汪道兴叹一口气，蟑螂配罩鸡，也是命里料定。像我这么能干，讨个老婆却没头没脑。明明妈真真能干，摊上我这个兄弟终算倒霉，帮伊养好儿子，做出市面，操劳到最后赶不上享福，要是没有明明这么争气，伊这辈子也算白来一趟了。

汪道兴说，你们以为明明不回来是啥意思，明明从小待妈妈好，妈妈受什么苦，明明心里一本账都清清楚楚。

明明妈话很少，也不大笑，小时候在店里听阿金讲故事，只记得一个伏在柜台上写账的干瘦身影。阿金不太跟她讲话，只有临到买冷饮的时候，才走过去轻轻说两句。阿金讨钱的背影挡住了明明妈的身体，只见她手伸进旁边抽屉摸出一张零票，阿金就转过身来笑嘻嘻地朝我们喊，走，吃冷饮去！

后来明明妈查出生毛病，关照阿金不要响出去，眼看着越来越瘦，不到半年人就没了。

那年冬天，明明从美国赶回来，扶着妈妈的照片哭得站不起来。看得小区里好多女人跟着掉眼泪。明明妈的遗照很年轻，不过五十多岁，已过花甲的阿金倒是身体硬朗，有人替她心疼，有人愤愤不平。

出殡那天，阿金披着一身麻布，面无表情，只听他讲，明明妈，到那边好好休息，不要忙了，不要再忙了。

6

对于大人们的说辞，我那时感到不可思议，跟小孩如此要好的阿金大伯伯，在他们眼里竟然是个一无是处的白相人。最吓一跳的是，阿金还有一副大脾气，动不动吃醉酒就要回家打老婆。这和我见到的阿金那一张笑嘻嘻的脸完全对不上号。

小时候路过阿金的店，就要喊一声，阿金大伯伯。阿金不管当时在不在和人说话，都会先停下来回答一声，哎乖，但也不知是冲着哪里回答，然后继续说他的话。不管谁喊他，只要听到“阿金大伯伯”，阿金就要停下来答应一句，哎乖。

我喜欢在阿金店里玩，自家大人没下班的时候，我就坐在阿金店里当小老板。阿金会找出稀奇古怪的东西给我，砸弯的螺丝钉，抠出一排洞的橡皮管子，单独拆下来的水龙头。我把这些全部拢在自己跟前，椅子垫高坐到柜台后面，让阿金扮顾客，跑我这来买东西。

你要啥。

我要……这个水龙头。阿金会故意思考一会。

一百块。

老板，太贵了，便宜点。阿金很会演的。

那九十块。我们这是百年老店。我有一副大人的嘴脸。

阿金就从裤子口袋里摸出一张草纸递给我。

假币，不要。我很假戏真做的，举过头顶看一眼，甩甩手，坚持要真票票。

阿金就说，那你等等，我钱不够，回家去拿。

他在店里小碎步空兜了一圈，最后停在明明妈的抽屉前，伸手拿了一张一百，一张十块。先把十块塞进我口袋里。然后再空兜一圈，装成顾客跑过来。

老板，一百块给你。阿金喘着大气，说明自己一路跑回家很累的。

我就把水龙头给他，再从口袋里挖出十块钱找给他。下次再来。

过一会再买卖个别的什么。

对于这些把戏，只有我们小孩和白相人阿金才会严肃对待。玩腻了，阿金就给我讲故事，还是讲北京路的故事，从秤店开始，走进去每一爿店里都有什么，怎么卖，一家一家讲过去。

讲到酱油黄酒店，我就问，阿金大伯伯，人家讲你吃好老酒打老婆啊。

阿金说，瞎讲，我不打。

道兴大伯伯也说你打。

阿金说，吃醉了打老婆的那个不是阿金大伯伯，是酒鬼附在阿金身上了。

酒鬼也是鬼吗?

阿金说，肯定啊，只有鬼才六亲不认，伊回到家连自己老婆都不认识，就要打了。

那我们小区里的酒鬼爷叔呢。

这个么，是绰号呀，绰号。

那阿金大伯伯的绰号叫啥?

阿金就哈哈哈哈地笑死了，把我从柜台里抱出来，领到门口抬头看几个字，汪巧兴五金。

他说，阿金大伯伯的绰号么，就叫这个。

汪巧兴！汪巧兴！去买冷饮！

汪巧兴就笑得直不起腰来。他长得很高很瘦，笑起来像一根筷子折了两半。

7

阿金顶喜欢小孩。小时候我们都喊他阿金大伯伯，十几年过去，现在的小孩都喊他阿金爷爷。以前那些阿姨伯伯，现在都当了爷爷奶奶，他们领着孩子在小区里走来走去。

阿金和小官坐在传达室外面晒太阳，不知谁家的小孙女走过来，嘴巴很甜，小官爷爷，阿金爷爷。他们一个老光棍，一个老鳏夫，听到有人喊爷爷，激动得不行，眼睛都要射出光来，嘴上却不知道怎么回答。仔细想想，小官六十多，阿金都将近八十了，可不是要当爷爷的人吗。可是小官还有几条狗，阿金什么都没有。

阿金有也是有过的。

在走拢班子里，有一个做的时间最久的老阿姨，大家叫她辛阿姨。辛阿姨是带着孙女来的，会盘账，会烧饭，脾气也好，仅一桩事情吩咐阿金要做到——每天傍晚去幼儿园接小孩。阿金爽快答应。

大家都说，阿金这辈子做过最认真的事，就是这一桩。

很多个下午，阿金在传达室门口打牌。一只八仙桌，四个人当局，里里外外一群人在野观战。打到差不多三点，阿金主动起身让位，老黄，你来打，我看一会。阿金就站在旁边看，这样到三点半就可以准时抽身离开了。阿金去店里拿一盒牛奶，辛阿姨关照回来路上要喝掉，就去接小孩了。

隔半小时，阿金就领着小孩往回走了。在桥上，阿金高高的肩上端着两条粉红色背带，小书包像一只甲虫牢牢地粘在他背上，手上拿着没喝完的牛奶盒，脖颈里荡着小水壶，大步走的时候，水壶就在胸前左右左右地晃，小孩在前面边跑边玩。

阿金就喊，囡囡慢点。

小女孩跑一阵停下来，就回头去看，招招小手，阿金爷爷，快点呀。

阿金就加快脚步追上去。

遇到同路的人，几个小孩在前面玩，阿金就和别的爷爷奶奶跟在后面走。

人家说，阿金，看不出，真有点爷爷的腔势噢。

阿金不说话，很开心。

回店里放下书包，小孩出去玩，辛阿姨就让阿金跟着，到关门准时回来。一群小孩在白场上东跑跑，西跑跑，嘻嘻哈哈，阿金一个老头就在旁边看着，有时也捡捡球，帮脱衣服。小孩快要跑到河边，就大声提醒一句，哎，别过去！玩累了，阿金就给小孩买零食吃。

阿金长得高，一群小孩围着他拿着东西的大手叫着跳着，阿金爷爷，阿金爷爷，阿金就很高兴。

五点多，阿金又大喊，好，下课了，回家了！

小孩各回各家，阿金领着小孙女到店里。辛阿姨电瓶车一开，就回家去了。

有人说，阿金真真是把小孩当亲孙女看的。

阿金和辛阿姨也经常吵架，两个人一个在店门口陪小孩，一个在里面扫地，不知怎么就吵起来。阿金发脾气，又要叫辛阿姨走。辛阿姨收拾东西，说明天再也不来了，出门拖着小孩就要走。小孩正吃着阿金剥好的荸荠，一看大人吵架，“哇”的就哭了，抱着阿金乱喊，阿金爷爷，阿金爷爷。阿金舍不得小孩，马上就软下脸来。

后来阿金不仅接小孩，早上也要去幼儿园门口看。辛阿姨就带她提早来上班，让阿金送小孩过去。阿金早晚都有了事做，生活也有了重心，辛阿姨一手管店，两个人处得蛮好。阿金一度打算让辛阿姨住过来。

可是辛阿姨的儿女不同意了，好几次找上门来，硬要拖她回去。辛阿姨不肯走，几个女儿就站在门口大骂，做得出吗！要面孔吗！闹得整条街不大好看。阿金常常冲出去和她们对骂，虽说他脾气大口气硬，但如今快八十的老头，谁会把他放在眼里。等到辛阿姨的儿子过来要动手，阿金就敌不过了。

最后辛阿姨还是回去了，小孩去上小学，回到爸爸妈妈身边，辛阿姨和阿金谁都管不到了。

8

自那以后，店里重新找了一个侄子帮忙，汪道兴的意思是，既然明明不回来，这爿店还是留给自家人。阿金呢，每天坐在传达室门口发呆，到了三点照例不打牌了，还是往桥上走。

放学那会，是阿金一天中最开心的时候。他可以见到幼儿园里所有的小孩。阿金跑到幼儿园门口，身体伏在小栅栏外，伸出头去，像乡下人点自己养的鸭子一样，一个一个看过去。看到小区里认识的，迫不及待地喊人家名字，小朋友听到就大喊，阿金爷爷！朝他挥挥手。阿金非常高兴。看到最后一个走掉，他还伏在那里。

有时候几个家长迟到的小朋友还没走，坐在接送区等着。阿金身体挡在外面，凑过头去，用蹩脚的普通话跟他们聊天。

小朋友你叫啥名字啊，今年几岁啦。

大方的小朋友就和阿金讲起话来。腼腆的忍着不说话，拿警惕的眼神打量这个奇怪的老头。

过了一会他们陆续也被接走了。

只有阿金的脑袋还架在小栅栏上，张望着里面。

保安走过来问，老师傅，你接谁啊？

阿金不说话，摆摆手。

过了一会，阿金就回去了。

大家都知道，阿金想小孩了，又不好意思说，觉得阿金可怜。

于是有人开始同情阿金，说他儿子养大了不回来，也没孙子孙女，老婆走了，一个人孤零零的。

也有人心肠硬，说，还不是伊自家年轻辰光造的孽。

阿金喜欢饭后散步，因为晚上小孩多。他坐在传达室外面，一看到老头老太领着小孩出来，就趁机站起来伸个懒腰，哎，我也去荡一圈。然后就走在他们旁边。碰到认识的小孩面孔，阿金必定要上前和他们说话，慢慢就认识了更多的小孩。

后来每次走到大门口，小孩就会喊，阿金爷爷，一道走！

阿金就摸出几粒糖给小孩，和他们一道去散步。

爷爷奶奶走得慢，小孩都喜欢走走跑跑，只有阿金跟得上。

阿金的口袋里总是有糖，都是小区里的人结婚、生小孩发的喜糖。阿金每次接过别人的喜糖，就宣称，这些年收了大家不少喜糖，以后我们明明结婚了，我发美国喜糖给你们吃。

大家嘴上说，好，好。心里却不知道怎么想。

现在小孩放学后要写作业，还有补习班，家里有吃不完的奶油棒冰和丰盛晚饭，谁也没空去阿金爷爷的店里玩。也没有人等着听完故事叫阿金待客吃萝卜丝饼了。阿金总是一个人坐在店门口的长凳上，抽着红双喜，又自说自话地讲起明明小时候的故事。

我们明明小时候，皮是皮的，聪明也是聪明的，主要是像我，所以数理化特别好。

阿金看不惯现在的人逼小孩读书，总是在大家交流教育心得的时候站出来指指点点。

读书这件事不能靠逼的，聪明就读得出，生了一只笨脑子，就勠费心思了。读啥补习班，上啥兴趣课。我们明明小时候，谁人来管啊，都是靠自觉。

有人不服气，就说，培养好了有啥用，又不回来给你养老。

阿金耳朵不好没听见。

9

阿金生病了。

一连几天没见到他，店里也没人。有人从汪道兴那路过，回来讲，阿金中风了。

阿金侄子带他回来的时候，阿金是不会走路的。那时已经过了大半个月，阿金耸着肩，歪着头，眼神浑浊，两片嘴唇也是合不拢的。腋窝夹得紧紧的，双手向内卷，像一对风干的鸡爪。侄子把阿金送回家，出来说，不行啦，没用啦。

这爿店怎么办，汪道兴想让侄子接管，赚点钱给阿金养老，但是阿金坚持要把店卖掉，说是给明明买房子。

汪道兴大骂。买什么房子，明明在美国，哪里看得起你这里一套房，真是糊涂。

再说，明明回不回来也是个问题了。

不管怎么劝，汪巧兴五金店最后还是卖掉了。一些零货被搬到汪道兴秤店里去。不久五金店换成了一家早饭店。

阿金很厉害，半年下来渐渐能自己走路了，大家都说他福大命大，但是说话还是不利索，反应极慢，身体大不如前。出太阳的白天，阿金一小步一小步挪到小区门口，慢慢坐下，歪着嘴咧出一个硬邦邦的笑。小官怕他坐在风口冷，就把他挪到传达室后面的露天沙发上，从此以后，阿金就和徐爷爷，还有一群老太婆沉默地并排坐着。

侄子每天给他送饭来，唯独早饭管不住，就让他自己去买。阿金颤巍巍地走到马路对过，到汪巧兴五金店排队买早饭，两个包子一个茶叶蛋，像从前伸手问明明妈讨钱一样，朝窗口伸出一只大手。阿金端着早饭，一边走一边吃，小官在小区门口喊，阿金，穿马路当心点！

阿金就站在马路中间，这边看看，那边看看，一时不知该往哪走。早晨的车开起来很凶，阿金管这种车叫“杀头车”，说他们开起来不要命。

以前阿金跑过来打牌的时候，会捧着一只茶杯站在路口，怒目直视，开噶快做啥，投胎啊！

小时候，阿金带我过马路的时候还说，不要怕，伊不敢撞的，赔不起。

现在换成开车的人怒目直视，老头子站在路上做啥，寻死啊！阿金就愣一愣，往后退到路口，等上个三五分钟，再慢慢走过来。

穿过马路的时候，早饭都已经吃完了。领子上一塌糊涂。

现在的阿金坐在露天沙发上，加入了沉默的大军。我才意识到阿金是年近八旬的老头了。阿金在我眼里总是一个话说不完的大伯伯，每天没事情做，扮鬼脸，寻开心。阿金讲，我么，白相人，东白相，西白相，这样度度日脚就好了。

小区里的小孩经过，嘴巴甜的老远就喊，阿金爷爷！阿金爷爷！

阿金爷爷很迟钝地转过身来，吃力地点点头，挤一个小眼色。两片嘴唇颤了半天，总算憋出那句，哎，乖。

他说完，小孩早就跑过他眼前，直冲到大门口去了。

阿金爷爷的手里还捏着几粒糖，预备给走过来的小孩吃。

可是小孩一出门，就要到晚上再回来了。

这几粒糖就在太阳底下晒啊晒，晒软了，化成平平的一摊，躺在阿金的手心里。

来福是个兽

1

徐爷爷下葬的那天，我到处找不到来福。这是我头一次见它离开自己的一亩三分地，也是头一次知道，徐爷爷有这么多后辈。

徐爷爷今年八十九，挨到开春就能过上九十大寿了。来福十九。如果做个人，来福正是个小姑娘。可徐爷爷说，狗一岁人七岁，这么算下来，来福已经老得不像话了。它确实不像话，毛色蜡黄，牙齿掉光，眼角生出两条长长的黑线，深深地笔直拖向干皱的鼻子。它耳朵聋，你喊它，来福！它是听不见的。你朝它扔石卵子，扔可乐瓶，扔冷饮吃出来的木棒，它都不理你，它太老了。有时隔了好久反应过来，也懒得冲你发脾气，做做样子起身抖两下，又变成一摊烂泥糊在地上。

小区里每天都有些神经错乱的狗，在人午睡的时候狂叫，追着电瓶车跑，互相打架掉进河里。来福始终保持着女性长辈的矜姿，不与交游，只在自家楼下的小草皮里打转，缓慢地挪一下，再缓慢地挪回去。小狗来占便宜，蹭吃，蹭地皮睡觉，来福从不计较，它本来也不怎么吃东西。但徐爷爷会赶它们走。

欺负到老祖宗头上来了！去！

在一个高速运转的狗的小区里，来福年轻时生下的一胎一胎的小狗，又各自生下一胎一胎新的小狗，不知不觉，来福就和小狗们差了几十辈。

2

徐爷爷不像来福这样，老了就没了筋骨，相反地，他是小区一大把老头子里长得顶精神的。又高又瘦，腰板笔笔挺，牙口也齐整，脸是上世纪电视剧里极受追捧的那种长长的国字脸。老远喊过去，徐爷爷！他就回你一个大招手。近一点的话，还能看到那种国字脸特有的笑容，眉毛黑黑，一身正气，大家都说他年轻时一定很神气。

徐爷爷是苏北人,大人们叫他“徐爹爹”。他以前在造纸厂值班，后来退休了，老伴也走了，就独自在小区里生活了二十多年，来福是他唯一的伙伴。

刚来的时候，来福还是只皮毛白净的小母狗，每天追在徐爷爷屁股后面，走哪跟哪，大家都说徐爷爷家来了一只拖油瓶。徐爷爷走在路上，停下来和人说说话，来福就在旁边乱叫。徐爷爷说，来福，做啥！来福就“呜”的一声趴在地上，朝他看看。等徐爷爷说完走了，来福立马跟着走。现在呢，徐爷爷还是爷爷，来福却变成了老太婆。徐爷爷还是每天在走来走去，来福越来越懒，再也跟不动了。

别人成天遛狗，徐爷爷成天遛自己，一遛就是一整天。他每天要去三处，早上收拾干净出门，白衬衫、西装裤、全钢手表，大家都戏称他去“上班”。

他们说，徐爹爹，出来值班啦！

徐爷爷就回一个大招手。

徐爷爷上午要去小区传达室后面的软皮沙发，坐在一排老太婆之间。她们和来福有着一样的本事，能从早上干坐到太阳落山，屁股都不挪一下，也不说话，扮演一支沉默的大军。徐爷爷就端坐在正中间，像一个老皇帝，两旁簇拥着白头宫女。他手里扶着拐杖，腿间夹着玻璃茶杯，身形笔工笔挺，神色严肃，一副很做筋骨的样子。

徐爷爷总是来得特别早，大家借此打趣值班的小官：小官，你再不来，饭碗要给徐爹爹抢去了噢！

如果小官正好值夜班，大家就哄他回去睡觉：小官，小官，你走好了，徐爹爹出来接班了。小官就把半导体放在徐爷爷腿上，让它倚着玻璃茶杯唱一个上午，自己回去休息了。

徐爷爷下了班，回去吃好饭，睡好午觉，过了两点，收拾干净了又出来。下午他要到老年棋牌室外面的木头长椅上坐着。

棋牌室里一年四季塞满了香烟－麻将系老头子，他们好像天庭里的神仙，腾云驾雾，赌钱，喝茶，发生口角，扭打起来，被人强行扯开，从此成为死敌，仍然天天见面切磋。但徐爷爷只在外面坐着，神仙们打累了，屁股坐麻了，或者跟人怄上了，就出来透口气，顺便给徐爷爷递一支烟，抱怨哪一个老头子牌品差，感叹自己虽败犹荣的上一局。徐爷爷一个大招手，收下了烟就夹在耳朵上。徐爷爷的耳朵特别大，国字脸上插了一对撑开的翅膀，每边都能夹上两到三根。等人休息完，徐爷爷一个人抽起烟来。

快要四点，买菜的去买菜，接小孩的接小孩，老头们一个个骂骂咧咧地散场了，有几个没牵挂的，和徐爷爷一道在门口坐一会，等着看下班的人们骑着自行车和电瓶车在苦菜花的不锈钢雕像后面穿来穿去，有一搭没一搭地聊话。

天要黑了，徐爷爷下班了。吃过晚饭，再和隔壁三麻子一起散步。三麻子的狗叫阿郎，每天自由行动，徐爷爷的来福呢，则是老得走不动，于是只有他们两个人走到秋泾桥顶，就停下来吹吹风。别人在桥上来来去去，他们一动不动，一个瘦长条子，一个矮冬瓜，就这么扶着栏杆朝河站着。若是碰到了人，对方会说，徐爹爹，出来巡逻啊！

徐爷爷就回一个大招手。有人愿意休息会，就站到徐爷爷和三麻子旁边一道吹吹风，过一会又走了。唯独他们俩总要站上半个多钟头。不知道他们在看运河上的船呢，还是运河里的太阳。

有一次我站在徐爷爷旁边，指着远处一个提着脚踏车上桥的人说，你看。

徐爷爷转头看了一眼，说，我下班回来也要这样，上桥累，下桥就适意啦。

后来三麻子中风，麻掉了左半边手脚，走不动了。徐爷爷就自己走出小区，还是这条路线，上桥，过半小时折回。

再后来，徐爷爷也走不动了。笔挺的腰板也有点弯了，就改成晚饭后下楼走走，坐在来福的一亩三分地里值班。放着半导体，听过地方新闻，听过天气预报，等到听过新闻联播，就拍拍屁股回去睡。他和来福不讲话，也不动，像两块下雨天烂在地里的湿木头。路过的人知道来福是聋的，故意大声喊它，来福啊！来福！

来福没有一丝回应。徐爷爷就仿佛他才是来福一样，还人一个大招手。

3

徐爷爷还走得动的时候，我和老王也会去桥上吹风。我们走到徐爷爷楼下，看到他亮着日光灯，我就喊：

徐爷爷，走啦！

他不回应。过个半分钟，日光灯就暗了，他在咚、咚的拐杖声里下楼来。我总是先看到三条细长的腿，然后看到一个大招手。

从前老王上夜班，我就吃完饭自己去。看到灯灭了，就加快脚步，往桥上去找徐爷爷。我们站了会，再一起走回来。他面朝着运河看，我背朝着运河，撑着双手，看来往的人和车。我从来不知道他累了。

我总是说，再远一点，你走不走！

他不走，摆摆手，让我随便兜几圈。

他说，你去，我就在此地等。

我翻了好几座桥，几乎看到野田了，等到再翻回来，天都黑了，路灯亮了，徐爷爷真的在桥上站着。我说，你有这个力气站着吹风，不好跟我再多走几步。

站着吹不倒，走路是要倒的，你看来福就是不动的，就趴着。

来福是懒。我说。

来福年纪轻的时候，腿脚比你还勤快，跑来跑去，从来不肯停下来。徐爷爷说。

然后我们就一起走回来，我问他很多问题。

你这个手表是什么时候买的？

他却给我讲二八大杠脚踏车花多少钱，去哪里买合算，骑在哪几条马路上最稀奇。

来福的眼睛为什么有这么长的两条线？

他却告诉我来福生过多少个小孩，都分给了哪几户人家，现在又有多少代了。

我问徐爷爷的事情，他总是告诉我一些别的。可是在他看来，这些都是正面回答。

以前乡下养的都是狼狗，城里养的都叫草狗，从什么时候开始，狗的品种就分得很细了，而且都不叫狗，叫什么什么犬，泰迪犬、博美犬、拉布拉多犬。

我问，来福是什么犬？

那天我们坐在来福的地里，两只小板凳，来福躺在地上。

来福是草狗。

草狗是什么犬。

来福是个兽。

什么瘦。

瑞兽。

什么是rui兽。徐爷爷的苏北方言同本地话和普通话都有点差别。

来福啊，能活很久的，有耐心，好的狗。徐爷爷在我手里写了个王字旁，又写了一个什么。

来福这么懒，怎么活得久。

来福动过了。来福生了十几胎小来福，现在是老太婆，动不了了。阿是，来福？

我难得见到徐爷爷和来福的互动，他摸摸来福的头，来福并没有回应，它合着眼，眼角两条线拖得更长了，涌向鼻子。

来福太懒了，我看不下去，一直想着拖它出来玩。往它的饭碗里添菜的时候我喊，来福，走，走呀。它不走，我就过去赶它，还是不动，我就端着它走，到一个拐角放下来，它还是不动，端到小区门口，它还是不动，甚至有要往回挪的架势，我索性端着它一路上桥。到徐爷爷身边，把它放下来，徐爷爷看了它一眼。

来福也出来了啊。徐爷爷眼睛里有一点小小的惊喜。

那天晚上来福在桥边趴了很久，吹着风，眼睛眯起来，脸朝着运河。

来福是个懒兽。

来福不懒，来福只是老了，走不动。

你也老，你不也天天走吗?

我没来福老，狗一岁人七岁，来福岁数比我大。等我赶上它的岁数，我也走不动了，你自家过来白相。

后来徐爷爷真的走不动了，只能在小区里晃悠，走两步，找个地方坐坐。还是穿戴整齐，白衬衫、西装裤、全钢手表，双手背在后面，背脊稍微有点弯，倚来倚去，像一根卖不掉的白皮甘蔗，给路过的人一个大招手。

4

我常常觉得，来福就要死了。三伏天蹲在外面，不喝水也不动，喊了好几声，它听不见，拿手指去戳它，还是没反应，踢它一脚，它像某处痒了似的，动了一下。冬天更加，踢它都没反应，我心里总是很恐慌。

徐爷爷坐在小藤椅上乘凉的时候，也睡着了，和来福一样不动。我看了他很久，凑近了，也没听到呼吸声，我心里有点怕，走过去贴着他的肚子，感受到肚皮上微弱的起伏，才放下心来。

你和来福怎么睡觉不打呼啊。

我们老了，怕惊动别人，在肚子里打。

肚子里打给谁听。

给自己，自己也听不到，就是要回去了，晓得吗。

来福有好几次差点被车碾死，它的小草皮属于停车区域，来福在这里缓慢地踱步，稍灵敏点的，见到车就闪开了，可来福太迟缓了，人家按喇叭也没用，一定要走到它面前，亲自把它挪开。碰到脾气暴一点的，开进去才发现里面有狗，故意冲着楼上徐爷爷的阳台大喊：

谁的癞皮狗！寻死啊！

但是来福每次都能化险为夷，毫发不损。

徐爷爷说，老狗就是这样，你看它快不行了，它倒有自己的解决办法。

徐爷爷过世前的一个月，他知道自己不太好了，就收拾了东西去住医院。白衬衫、西装裤、全钢手表，走之前还是一个大招手。这感觉很奇怪，以往都是我去上学，徐爷爷坐在露天沙发上给我一个大招手，这次我站在小区门口，徐爷爷坐在赵光明那部送牛奶的三轮车后面，给我一个不断远去的大招手。

大招手变成中招手，又变成小招手，最后变得没有了。

来福并没转送给人，它乖乖地在自家楼下蹲着，在一亩三分地里和汽车周旋。徐爷爷谁也没有吩咐，可来福的饭碗里每天都少不了吃的，尽管它不怎么吃，最后都给其他野狗吃去了。

走过的人喊，来福!

没人回应。

5

吃到了徐爷爷的利事糕。

第一次见到他的儿子、女儿、孙子、孙女，一大堆人。他们摆好花圈，哭着喊着上了楼，然后哭着喊着下了楼，带走了他的衣物。

房子要卖掉了分钱的，来福却没人要。也可能是谁要带走的时候，却怎么也找不到它——那一天它竟然离开了自己的领地。

总觉得摆花圈的时候，来福还在原处悄无声息地蹲着，再一想又觉得好像一大早就不在了。来福在那待得太久了，我们的眼睛都习惯了忽略这幅图景。

后面几天都不在。下了雨，草皮里泥泞极了。野狗们玩得发疯，踩着来福的草皮和来福的饭碗，来来去去，一塌糊涂。人们还是习惯留点剩菜在它的碗里，停车的人还是习惯先看看它有没有挡路。来福和它的一亩三分地成了固定的风景，平时不注意，如今不在了，路过倒觉得眼前空了一些，不太适应。徐爷爷没了大家是有心理准备的，来福走了反倒习惯不起来，仿佛一户老邻居不告而别。

小官养过很多狗，他说，狗是忠的，来福心里有数。

出了春，天气干热起来，露天晒得厉害。来福的饭碗还在那里，大家默认那是给野狗留的食盆，野狗不留隔夜食。天太热了，谁还多放了一个水盆在旁边。

那天晚上，和过去的每一个晚上一样，来福蹲在它的老地盘，不动，偶尔眨眨眼睛。

哦，来福回来了啊。路过的人说。

来福没有回应，来福听不见的。

哦，来福回来了啊。过路的人说。

来福动也不动，它的眼线很深很长，一直要拖到鼻子下面。毛很脏，身体很瘦，离家这么久，看不出它累，也不知道回来是什么心情。回来之后，来福从此就是没有人管的野狗了。

我给了来福一个大招手。

光明的故事

1

闵珠嫁女儿那天，闵珠杂货店竟然还开着。这一头大家张望着新毛脚，抢喜糖，捂起耳朵看炮仗，只听得闵珠尖厉的叫喊和笑声在楼道里上蹿下跳。另一头是静悄悄的车棚，里面不开灯，不开电视，躺椅上也没有人，外头却坐着赵光明，一身旧塌塌的蓝大褂。偶尔有人路过顺包烟，赵光明就把身体伸到黑里去，摸出一包烟来，钱放在玻璃台板上，回身坐好。又有小孩来买东西，他稍稍站起，从门板上挂着的一串串零食里摘下几包分给他们，放好钱，继续坐着。

我想起好几年前，也是在这两片门板下面，闵珠和几个常在小店嗑瓜子聊天的女人追着赵光明暴打的情景。她们轮番叫骂，把瓜子壳扔他身上，一有人来围观就冲着他们抱怨，这个外地人噢，夜里专门在店门口小便，腻腥吗，要面孔吗，臭烘烘的叫人家怎么做生意。赵光明被几个女人一把抓牢，弓着背，身上穿着那件“光明随心订”的蓝大褂。他听不懂本地话，用自己蹩脚的川普又解释不清，满脸尴尬。其实很不巧，他刚来那会，小区里对送奶工已经有了抹不去的坏印象。

很早以前，每家每户墙上都安着一个奶箱，上面拿记号笔写了门牌号，老远望过去，外面一个框，里面一个框，好像人人家门口都挂着一只巨大的麻将牌“白皮”。每天送奶工从中间的小门放进去，我们开外面的门取出来。白雪酸奶是喝完要把玻璃瓶放回去的，小盒子和小杯子可以带在上学上班路上，喝完扔掉。每个小区有一个送奶工，通常是外地人，穿着大褂，挎着小包，标配一部三轮车，而这些发生在大多数人还没醒的时候。到了月末，他才会准时在晚饭点敲敲门，一把懒骨头黏在防盗门上，看一眼客厅，哟，今天吃青椒塞肉啊，然后问你讨下个月的奶费。他会拿手指头沾点唾沫，拎着一只角撕发票给你。有时他会送你一个杯子，一个冰枕，送多了大家就会主动问他索要，哎，这个，最近来点礼品不啦。他只尴尬地笑笑。

某一阵起，敲门收奶费的面孔不太固定了，有时每隔一月就换一个。问起原因，新的面孔会说，工资太低他不干啦，或者他回老家啦，甚至还有人悄悄凑到你耳边，你不晓得，上一个携款潜逃啦。伸出一根手指朝上比画着。大人就叉着双臂说风凉话，哎呀，一个小区才几个人头，这点钱偷去有啥意思啦。可是毕竟天天打交道，总换来换去难免让人不安心，虽然这交道除了月末见一次，每个早晨都是毫不察觉的。再后来，牛奶老是丢，一开箱，三十一号的牛奶怎么没有啦。或者不准时，几个上班早的人，出门前看不到牛奶，就光火了。加上鲜奶渐渐可以在超市买，在早饭摊买，到赵光明走马上任的时候，订奶这件事早已不时新了。

2

老小区的车棚，都不能叫作车库，只够拿来停放两个轮子的车。这么小的空间，后来竟也被开发出了各种用途，剃头店、棋牌室、牛肉饺子摊、杂货店、水果摊、二手书碟片屋。整个小区变成了吊脚楼，地面上撑起错落的集市，每一处都是要塞，也不免聚拢起一群消度日脚的闲人。再不济的，就用来给孤寡老人和外地人住。赵光明刚来的时候，就住在闵珠杂货店对面的车棚里。他的屋子朝南，一张木板床，一个煤气罐，设备少到竟让车棚显得出奇的宽敞。衣服借晾在一楼窗户下面，要方便就去大门口的公厕，正对面的白场上停着他的三轮车，周围簇拥着别人家的汽车。

再一次见到赵光明，他正在我家对面安一个奶箱。四个螺丝一拧，这只白皮就从此粘在墙上了。哎，你好。他主动朝我和老王笑了笑，鼻翼就沿着巴掌肉的两侧塌散开去，撑开了一脸褶子。脸又黑又扁平，眼睛里透露出劳作的浑浊。一件蓝大褂底下露出澡堂拖鞋，表情天生带着一种不好意思的老实人气息。

师傅新来的?

是嘛，刚来。川普迎面而来。

现在订奶的越来越少喽。

就是嘛，就是嘛。赵光明的褶子又撑开了。

上回那个怎么不送了?

我也不晓得撒。

并没能打听到什么新的丑闻，只见他匆匆地骑上三轮车去下一栋楼了。

自那以后，就常常能在小区里见到他了。在过道上端着饭碗，看报，剪脚趾甲，晾衣服，挤在杂货店门前的人堆里消闲，但他不聊，只傻笑着听，别人打趣他听不懂，他也还是笑。工作的时候，他从不倚着别人家的防盗门，即来即走，一旦有面生的扯开几句，他又立刻笑开了。

师傅你姓啥。

我姓赵。

曹操的曹啊。

不是不是，赵子龙的赵。他就立刻笑开了，褶子像老房子墙壁上的爬山虎，恣意地爬了一整脸。

赵光明不耍滑头，不扯瞎话，渐渐被大家接受，更高兴的是，小区送奶这件事也终于稳定下来了。唯有闵珠杂货店门口那几包嚼不烂的母瓜子还在嫌弃，她们总是把他随地乱小便的事拿出来奚笑。但身为同乡的捉垃圾人却为此打抱不平，闵珠开门关门的时候，赵光明常常跟在后面扫地，搬凳子，拆门板，装门板。地上没有别的，只是密密麻麻的瓜子壳、话梅核。

小区里知道赵光明脾气好，力气大，总有人来找他干活。煤气罐搬不动了，就喊，光明啊，来帮我一下。买菜拎不动了，就喊，光明，我在你这里放一下，意思就是让他帮着拎回去。回头再少许意思一下，出门故意在车棚停一停，带去一瓶酒，一包花生，一坛酱菜。谁也不知道他具体叫什么，谁也不想知道，只要他穿着蓝大褂子，骑着三轮，在小区里住着，他就是赵光明了。

3

有一年夏天，赵光明局促的小屋里来了一个男孩，随之也多了一台摇着天线的电视机。两人穿着一样的汗背心，老远看过去，一个黝黑的身体撑满了它，另一个呢，背心在瘦白的身上晃荡来晃荡去，好像搭着一块干毛巾。两个人早上一道送牛奶，中午一道在白场上端着饭碗。到了三伏天车棚里是很闷热的，他们就搭了广告伞，搬来一条长板凳，躲在荫头底下吃饭。

有人路过就骂老子，光明啊，儿子来了还不吃好一点！心疼不心疼！

赵光明就从饭碗里扬起他的脸赔笑，晚上吃，晚上吃。

然而晚饭还是这么吃。

在广场舞尚未来临的那些年头，夏夜的闵珠杂货店一直是各路闲人扎堆的大本营。吃过晚饭，人们挑着牙签，往口袋抓一把瓜子，从各自车棚里拎出一只骨牌凳、一只老藤椅，或者干脆站着，一字排开在小店过道的两边，我把这些人叫作“卖不掉的甘蔗”，一根根东倒西歪地倚在墙边。兴国大伯伯，小区里出名的酒鬼，带着几个小酒鬼围聚在杂货店，常把老酒花生米搬到外面来，咪上几个钟头。他们有一搭没一搭地聊着，打听当天的邻里新闻，顺带巡视下班经过的人马，和他们车篮里的菜。

赵光明就是混杂其中的一员，这里成了他最好的社交场所。他领着男孩坐在其中时，已经能懂一些方言，他笑得更投入了。老子负责在一旁傻笑，儿子则腼腆地呆坐着。不知谁问起妈妈来，赵光明笑得有点僵，好像要把自己隐进笑声后面去似的。母瓜子们得知赵光明没有老婆，一下炸开了，急得直跳脚，嚷嚷着要给他张罗一个新的，那动静简直要让全小区都知道她们的善良和热情。

光明，你就说你要个啥样子的，阿姐帮你搭桥。

要不得，要不得。

赵光明吓得两只大手举过胸前拼命摇着，身体却往后缩，一脸褶子也跟着缩回去了。过了一会又笑嘻嘻地说，我盼着我娃子上了大学再瞧哩。

男孩和我一般大，晚一年上学。我搬着一摞中学生读物过去的时候，他正百无聊赖地按着遥控器，电视里翻来覆去跳动着仅有的几个频道，雪花点满天飞。赵光明特别高兴，想招呼我坐下，挠着头转了一圈发现没地可坐，就喊男孩赶紧出来搬书，又趁机摸着儿子的头说，太不像话喽，说来放暑假，就真的一本书都莫带，一天到晚都莫事做。等男孩接过书，赵光明的眼睛又跟着书走了一会，很放心地说，好撒，有得你看喽。

男孩把书搁在床头，底下堆着好几个蛇皮袋。狭小的车棚里，除了一面被灶台熏得满是油烟的墙，其余都拿报纸糊起来了，房东不允许他再弄脏。蚊香、拖鞋和捡来的可乐瓶散乱一地。桌上堆着啤酒瓶子、塑料扇、搪瓷牙刷杯、拧干的毛巾和一些剪刀破布。那时他正在修一个别人废弃的旧沙发，预备放在过道上乘凉用。难得地，他主动讲起了话。

等娃子考上大学，有了工作，我们就回四川去喽。

第二年暑假，男孩又来了。仍是瘦白，身长却拔高了许多，染了一头黄发。早上一道送奶，下午还要一道送水——那时赵光明又接下了小区里送水的活，他门前停着一部新的三轮车，正对着旧沙发。大热天的，闵珠看不过去。

哎，光明，你送你的水，让儿子去用功读书好不啦。

他愣了一会，好撒，好撒。男孩就不用出来干活了。

我跑去问他，还有些书，改天拿给你?

他摇摇头，继续看他的电视。

我看了一眼赵光明，他很不好意思。不要就不要了吧，莫不是我看了代他去考试。他像讲了一个不好笑的笑话，一脸尴尬地赔笑。

天气转凉，小区里的小孩都开学了，男孩还挤在车棚里。人家问，小光明怎么还不回去，耽误人家学习。他只低头笑笑，由他去，由他去。再没过多久，男孩终于走了。

之后的两年，男孩再没来过。

考完试的暑假，我要去外地读大学。恰好碰到赵光明，老王拍拍他的肩，好啦，明年轮到小光明加油啦。光明，适意啊，收拾收拾告老还乡喽。赵光明摆摆手，不得行，久着呢，娃不争气。

那时我们才知道，原来第二个夏天起，男孩就辍学了。开学的那个月，他去了南方打工，再也没有回家念书。

4

订牛奶的人越来越少了，赵光明赚的钱也跟着少。好在他找了另一份工作，早上送完奶，下午在麦德龙的生鲜部切肉，你问他要多少分量，他拿大刀一斩，袋子一装，贴好标签递给你。站在冷冻库旁边的赵光明，和穿蓝大褂子送奶的赵光明完全不一样，裹得严严实实，口罩遮住了褶子，厨师帽套住了油头，一时竟认不出来。小区里的人买菜，就跑过来跟他开玩笑。

来，给我来两斤牛奶！

他就呵呵呵地笑，看不见褶子，只听得声音。

这份工作的好处是，他的伙食有所改善——晚上临下班前能给自己捎点过期前的肉。

有些懒惰的男人、贪便宜的女人，总是厚着脸皮托赵光明带特价商品回来。闵珠也常托他去批发杂货。大米、油、整箱的啤酒和汽水，下班的时候，被装在他的小三轮后面，一路跟回狭窄的车棚。到了第二天上午，他家门口几乎变成了特价仓库。

母瓜子们一边拿回她们的特价大米，一边劝赵光明抓紧讨个老婆做饭吃。

噢哟，这些大米你看看多好，你不要省啊，儿子也赚钱了，你想在车棚里住一辈子啊。

我看你也攒了不少钱，别回去了，赶紧再找个人。

就是，现在走拢班子多得是，怕什么。

这是母瓜子之间一种约定俗称的叫法。原配就是最初的戏班子，等打乱了再出来演，就叫走拢班子了。

赵光明就坐在沙发上剪指甲，不像是答应，也不像是拒绝。并非说笑，后来真有人给介绍了同乡，超市里上班，也四十多岁。

光明，去见面不要太戆，活络点，晓得吗。临行前，母瓜子们千关照万关照。

赵光明正在帮闵珠搬货架，身体被大大的架子挡住了，只斜露出一个脑袋，油油的脸上炸裂出一个大笑，说着他的四川口音："好撒！"

结果人家没看上他。

后来又介绍了轮胎厂的，自己开早饭摊的，还是没成功。

母瓜子们安慰赵光明，没事，好的多得是，阿姐再帮你找过。

没过多久，赵光明带了一个比他年轻很多、体面很多的女人回来，和儿子一样，也是一头黄发，身上穿扮得大红大绿。两个人看不出很亲密，不太说话，女人匆匆来，匆匆走。这画面看得大家瞪直了眼睛。

老乡，老乡嘛。赵光明一个人回来的时候，在大伙的逼问下勉强吐出几个字。

人家诚心实意跟你吗，不要太老实给人骗去了。可是这回，几个精明的母瓜子似乎并不认可这个天大的喜讯。她们讲，之前那几个都嫌你老，这个能看上你啥东西，也不想想看，戆啊。她们怀揣着一百万个提防的心眼。

赵光明还是低头笑，眼睛对着拖鞋，专心接受大家的批评，怪不好意思的样子，又掩饰不住受到众人关注的窃喜，来回搓着两只手。

此后赵光明回来得愈发晚了，甚至赶不上帮老板娘关店。白场上的小三轮，也换成了电瓶三轮车。一时间有人觉得赵光明走大运，也有人说他鬼迷心窍，一定是被小狐狸精夺去了魂。直到有一天夜里，小官遛着狗在火车站附近看到他，才知道赵光明是开黑车拉客去了，这样数下来，除了送奶和切肉，他又打上了一份工。

啧啧啧，看起来戆，做生意倒蛮想得出噢。

怎么回事啊光明，这么拼命赚钱，阿是要结婚了啊。酒鬼大笑着质问他。

赵光明就摆摆手，也不反驳什么。可是并不见那个女人再来过。也不见他再买特价猪肉了。

在没有赵光明的夏夜茶话会上，就有人偷偷讲，为啥要打工啦，赵光明的钞票么，老早就被那个老乡骗去了呀。很多女人就是专门骗老乡，对付伊这种老实头，一花二花就吊牢了。等拿到钞票一跑路，深山老林里一躲，你还上哪找去。

就算找到了还有啥意思，人家老早把你钞票用精光了。

啧啧啧，作孽啊。母瓜子们很替他心疼这些年辛苦扒来的分。

那后来，趁赵光明在家休息，就总有人坐到外面的沙发上，扭头朝向里面，给他上课，叫他脑子清爽，或者劝他想开一点。

旧的不去，新的不来，对吧。酒鬼拍拍他的肩。

赵光明并没有说过什么，但他乘凉的时间越来越少了，清晨，白天，晚上，都在打工。小区里送报纸的人说，有一天赵光明跑来跟他打听，看能不能也送送报。

可是邮政系统还是找本地人的多。送快递呢，他太老，路不熟，人又木。

伊还是拉客来得实惠，现在送牛奶也没啥意思了。送报的说完话踝了踝烟屁股，脚踏车一踩走了。

订牛奶的人越来越少，赵光明的随心订蓝大褂子也越来越脏，变成了旧灰色，背上几个字剥落得差不多了。过年他又没回家，他总是说，回去一趟的钱还不如买来吃点喝点。但也总没见他吃啥喝啥了。除夕那天，男孩回来了，黄毛换成了红毛，两只手上七八个礼品袋，穿得很时新。好像从第一个夏天到现在，长大了十岁似的。赵光明很开心，言语间有一种儿子给老子长脸的兴奋劲。年关里，他们把煤气灶换成了电磁炉，擦干净那面满是油污的墙，挂上汽车日历，上上下下清扫了一遍，买了几瓶酒，贴了倒福，老板娘送了他一些花生干货，认认真真辞旧迎新。赵光明也终于换下了标志性的随心订大褂，代之以生鲜超市里肉博士的大衣，深蓝色的，很新很亮眼。

哟，光明，这件高档货，当博士了。看到的人都笑得停不下来。

然而并没有人叫他赵博士，哪怕有一天他西装革履，身后不再跟着一三轮车的牛奶，大家还是叫他赵光明。

5

赵光明的三份工里，第三份显然最让他满意。有时埋伏在火车站周围，遇着拿行李的面孔就上前问，去哪，去哪，要坐车吗？然后带他们兜转在小城的各个角落。有时在车站守着苦苦等公交的人，幽幽地问一句，火车站去吗，五块钱走吧。然后带他们去火车站，也可以漫天要价。比起送奶和切肉，这钱简直太好赚了。然而也不是没遇到过赔本的买卖。

比如年初那桩事故。赵光明的电动三轮在离小区不远的桥上撞了一部电瓶车，车上苹果滚了一地。那女人一头摔进绿化带里，爬起来伸手就要修车钱。赵光明解释了几句，对方一听是外地人，机关枪立刻扫起来。

外地人欺负本地人，撞了还不认账，有道理吗？赵光明被骂得还不上嘴，只能呆呆站着。围观的人越来越多，赵光明只掏得出两百，对方坚决不肯走。最后小官垫钱，付了五百，要下电话，才算了了事情。

过了几天，又有小青年来要钱，说我姆妈摔得不轻，要住院体检。不得了，这下还带着警察，又引来一群人围观。

你要是不私了，这部车子你是违法的，晓得吗？警察讲。

结果又赔上千百块。大家心里有数，光明老实，光明又吃瘪了，体检的钱恐怕要拉客个把月才能赚回来。

赵光明开在路上，除了安全问题，还有交警问题。一旦被交警捉牢，哨子一吹，手势一做，好几天的路费就罚下了。即便如此，赵光明还是觉得拉客比送奶好得多，也许是因为活动范围变大了。那件肉博士的大褂是挡不住路上大风的，而且看着很吓人，他就经常穿一件皮夹克，戴头盔，手伸到龙头连着的毛皮手套里去。

没生意的时候，赵光明就把车停在小区公厕旁边，站着看老头打牌，偶尔也抽抽烟解闷。有人大包小包从超市回来，有人买了小家电，就托光明带进去。也有老人突发毛病，等不及救护车，大家把人扶上他的车就火速赶去了医院。大家都说，光明做了那么多好事，这一桩顶厉害。

但是也有来不及的，徐爷爷乘着车出去之后，就再也没回来过。

6

要创文明城市，交警又抓得很严了，说是不罚钱，看到了直接拖走，吓得光明不敢开出去。老小区跟着大修整，停车场要扩建，垃圾房要翻修，路灯也换了颜色，连同烂在楼道的墙上，那一只只东倒西歪的废弃的“白皮”，全都成了重整治对象。它们中的很多已经不是牛奶箱了，时而被人拿来塞小广告，写办证号码，也有人存放钥匙、挂雨伞，即便什么用场都不派，爬楼梯的时候抬头看一眼，也能靠它识别楼层。

现在赵光明要做的是，把这些年他安上去的奶箱，一个个拆下来。其实很简单，跟装的时候一样，四个螺丝一拧，这只白皮就永远从墙上剥落下来了。

听到动静，就有人开门出来看看，哎，光明，来拆牛奶箱啊。

是啊。他现在会说点本地话了。

那人看了两眼，又关上了门。

赵光明收完这个，又去了下一层楼。他像一个拆弹专家，把角落里的毒瘤一一除去，又像一个自掘坟墓的人，抹平这些年亲手创下的功绩。他的三轮车上放着一个蛇皮袋，里面堆着家家户户过去的奶箱。这些家里有的小孩长大离开了，有的大人离婚了，有的房子早已易了主。他们有了新的房子，新的奶箱，每个小区门口的超市和便利店里，都有比一只“白皮”更大的奶箱。

等下一拨人来把墙面重新刷白，以后上楼的小朋友，又可以伸出一只小脏手在墙上摸来摸去了。

小时候回家跟人说话不看路，一不小心撞上牛奶箱的尖尖角，就大哭。

大人就指着牛奶箱说，怪伊，怪伊，叫赵光明来拆掉伊。

这下再也不会撞到了。

全新的白墙，让人想起小时候白雪酸奶的质地。赵光明一定是五点钟过来，把白雪酸奶放进去，到晚上再来收空瓶。

赵光明的三轮车，载着一瓶一瓶拿箱子隔开的牛奶，在小区里骑来骑去，等到天亮的时候，三轮车就空了，骑起来很松。现在他骑起来，越来越松。

狗司令

1

老王说，富人养犬，穷人养狗。小区里到处都是狗。

犬讲品种，狗只讲一条命。狗命一条，有时什么也讲究不了。遛狗的人相互碰到了，从不询问种，上来只说，你家狗叫啥呀。

名字也是不讲究的，毛黄的，就叫黄毛，皮黑的，都叫小黑。也有些即使留个心眼取了名的，就像小区里多叫斌斌和欣欣的小孩一样，动不动就撞上了。所以有两个嘟嘟，两个旺财，两个阿郎，叫贝贝的最多，数过来竟有四个。余下几只面熟的野狗，统统唤作噜噜狗。

这么多狗，老王全都能认清楚，像小学班主任一开学就能把教室里每张脸都认全一样。班主任不单记脸，还要熟知各位的脾性。路上走来一只狗，叫什么名、几岁、住哪里、是公是母、喜欢谁家的狗，老王都有数，他说社区干部管人，他管狗。老王和狗打照面的时候，那口气就像对人一样。

贝贝，吃了吗!

阿郎，出来白相啊。

来福，天冷，回去回去!

见到面生的狗，老王就主动凑上去，哎，你好呀，你叫什么呀。老王的喉咙总是响得惊人。

有时主人会在后面说，我们叫啥啥啥。也有人冷着脸不回答，当老王是戆徒。

妈妈也说老王戆。人家是肉包子打狗有去无回，老王端着饭碗一出去喂狗，就不晓得要回来了。

老王说，你懂啥，狗看得起你，才同你白相，吃你的饭。

那一只总是来不及洗的碗，就变成了固定的食盆。有时老王带着它出去找狗，有时狗会自己找来我家楼下。

小区里的狗都是吃百家饭长大的，老王说他小时候也是这样，东家一口，西家一口，不知不觉就长成大人了。吃百家饭的小孩通人情，好养活。狗也是，他说狗是最通人情的。

在家的时候，听到外面有狗叫，老王都知道是谁在叫。

老王说，你听，这个喉咙是黑豹。

黑豹平时很善，一碰到生人就要叫了。

有时夜深了，外面两只狗吵得凶，老王在卫生间里洗漱，或者已经躺下睡了，又自说自话，哎呀，大黑狗又和卡卡打起来了。随后象征性地把脸转向窗口，卡卡不准吵！

好像外面的狗能听到似的。

碰上下雨天，妈妈不准出门，老王就搬一只矮脚凳，爬出阳台。坐在防盗窗上，伸出头能看到很远。他看怪脚刀家的两只狗打架，把吃落的瓜子壳、话梅核扔过去，像一个热情呼喊的竞技比赛观众，刀脚怪，打回来！打回来！伊打你一下，你还伊十下！

小时候老王也是这么教导我的。那时我们也像这样坐在防盗窗上，等妈妈的脚踏车骑过闵珠的小店，接着进入我们眼门底的小路。老王说，你看妈妈样子好吗，背脊挺吗。

等到老王不想看了，他又变成裁判，一脸严肃地说，好了，讲平！握手！还是好朋友。

两只狗还在打，老王自顾自拍拍身上的瓜子灰，窗门“啪”的一声合上。回屋看电视去了。

老王说，打狗看主人，其实是看狗打主人。小官的黑狗凶煞，春光的狗和气。三麻子跑江湖，他的狗一样会看世面，沉得住气。杂货店的狗像闵珠，心宽体胖，处处好管闲事。看得出的除了性子，还有处境。人苦的，狗也寒酸。人神气的，狗也体面。老王说最好的狗睡床上，次一点的睡地板，再次一点的关车棚里，顶次的，车棚外面随便放个啤酒筐，就算搭个窝了。到天冷，套上苹果纸板箱，垫几层破布。天热，除了一个饮水盆，什么都不要。

体面的狗冬天要买新衣服，车棚里的就拿旧棉毛衫改了穿，那颜色和花纹看上去同拖把头上的布条类似。要美容，就随便扎一个冲天辫。要洗澡，端个小脸盆在自家门底洗，或者去河边，游一圈再回来。人人都有自己的办法，钱少的人最多。

老王还说猫是离人的，狗不一样，狗亲人。要是没有狗，小区也不像小区了。所以不论是睡床的还是睡车棚的，老王都给他们安个姓。老关的狗叫冬冬，老王非要叫它关冬冬，乐乐的爸爸姓侯，老王就叫它侯乐乐。老王讲，对待新认识的狗要有礼貌，叫全名，等到熟络了，再一口一个冬冬，一口一个乐乐。

有时候却很没礼貌。看到怪脚刀家的狗，就喊它怪脚刀，大不同养的狗直呼大不同，小店老板娘的狗叫贝贝，老王只喊它闵珠。走出家门，老远就喊，闵珠，过来！闵珠的狗就冲过去叫两声，然后和老王一起走到小店门口，人吊酱油，狗就趴在窗口看，那香气多闻一口是一口。

老王使劲按它的头，下去！馋胚！

2

我和老王饭后散步的时候，最喜欢商量我们家的狗叫什么名字。为了起一个和别人不重的名字，我们绞尽脑汁。

洋袜？

老王喊，来！洋袜过来！好像身边真的围着一只小狗似的。

我说，不行不行，连着姓叫就不好了。

小笼包？

测验一个名字灵不灵光，最好的办法就是喊几声，看叫得响不响。

皮蛋？

皮蛋来！皮蛋！老王又试。

老王一边喊一边自我否决，叫个皮蛋（Q）还不如叫老K，干脆做大一点。

每天走，每天想，就这么一个个叫过去，后来老王决定了，叫脚套。

老王说，人家喊我加涛、加涛，我的狗就叫脚套、脚套，这样很合拍。一听就晓得是谁养的狗，也符合小区的习俗。

尽管受到妈妈的嘲笑，我们还是坚持通过了这个名字。

散步的时候，我和老王总是假装喊起来，脚套来，脚套走。

可我们从没养过一只脚套。

妈妈不喜欢狗，她说，你们要养狗么，你们自己搬出去住。妈妈爱干净，家里没养过小动物，除了金鱼。

后来妈妈松口了，你们不如养在车棚外面，让它也看个家。

不久小官捉了一只小黄狗送过来，老王把它锁在楼梯底下，当天就被楼上老阿姨敲门投诉了。

阿姨说，小王啊，阿姨见狗怕的，拿开好吗。

阿姨一头烫发，欢喜露小腿，穿时髦衣裳。阿姨的电瓶车一开进来，小黄狗就乱叫。

何况小黄狗和附近车棚里的那些面孔一样，是个没有健康证明的黑户口。老王一声不响，隔手转送给了后门平房里独居的瘸脚老头。

老头唤小黄狗叫黄毛，于是小区里又多了一个黄毛。从小黄毛长成大黄毛，无数个白天，老头在活动室打牌，黄毛就拴在外面的长椅上，和徐爷爷们并排坐在一起。不知道的人还以为黄毛是来福呢。老头到晚饭边停歇，出门牵黄毛回家去。天气好的下午，老王也会去看看它。

老王喊，黄毛，黄毛。

黄毛就蹦跶几下，逃不出一根皮带。

老王带着它在小区里兜几圈，过把瘾，再拴回去。

有一天大黄毛穿马路的时候碰上一辆下班的汽车。小区里忽然又少了一个黄毛。

老头不响，仍是朝九晚五地去活动室上岗下岗。

老王说，那也没办法。狗命一条，你能讲究什么。

就像在冬天，好多只皮毛锃亮的狗被人套住了吃掉，搞文明建设的时候，到处有黑户口被城管抓去关公安局。小区里的人从不贴悬赏告示去找，也不愿花几千块给狗上牌照、打疫苗。有了就养着，没了，就算了，谁也不会为一只狗伤心。

人们对自己的命，也是不伤心的。生了病，就这么度几日吧，不想费钱。活动室外面少一个黄毛，就像活动室里突然少掉几个老头一样。

老王说有些事体，今天睡下去，明天谁知道呢。

长椅上少了黄毛，后来又少了徐爷爷，谁响呢。空的位置，总有人来接着坐。

3

黑豹的事情也没人响。

那天下午有人说黑豹去河边看老头钓鱼了，有人说他去马路对面找小母狗了。到晚，喂食的人不见他，把剩菜倒进碗里就走了。黑豹的车棚就这么空空地敞开了一夜，第二天早上，饭碗干住了，老王说，黑豹不会回来了。他脸上没什么表情。

喂食的人再过来，黑豹是叫人捉去了吧。说完就带着饭碗走去另一处了，小区里从不缺一些饥饿的小狗。

黑豹脚杆很长，浑身乌黑发亮，眼睛下面有两块小黄点。是个小男孩。黑豹不叫小黑，叫黑豹，听起来很酷，叫起来很响亮。老王说黑豹的品种很厉害的，它有六个脚趾头，多出一个小小的钩子躲在脚垫边上，就是它厉害的地方。

黑豹最厉害的是人来疯。

黑豹在草里玩，在墙根玩，在太阳底下睡觉，和路上的小狗打架，一听到有人喊黑豹两个字，不管认不认识，就要立刻冲过去抓人家的腿。黑豹最喜欢吃老王的裤脚管，它扯着那只宽松的灯芯绒裤脚管左一绕右一绕，像小时候脚边玩着的一只拖链子的球。老王越是低头骂，黑豹，跑开！黑豹越是兴奋，它听得出这是高兴的骂，一路吃一路跟上楼，趁人不注意就从门缝里溜进来，摇着一条细尾巴从客厅晃到厨房，房间里兜转一圈还不肯走，最后被妈妈大叫着赶出去。

老王说，这种狗叫作欢头狗，轻头轻脑的，见的世面很少，一发昏就不知分寸了。大概就是这样，黑豹才容易被捉狗的人骗去。也是这样，黑豹还在的时候，人人都爱它。

黑豹姓刘，最早是隔壁人家养来给小孩玩的。大人太忙，又怕咬，就关在底楼车棚里，早上放了，到晚关回去，只准在附近活动。黑豹每天都有自己的路线，它喜欢去河边看钓鱼，也常常在白场上看人打篮球，它在每一棵树下面撒尿，熟悉各处墙角的机关和分岔。和很多狗一样，黑豹的爱好是追电瓶车，但它的追不是追，是送别。隔壁人家带小孩上学，邻居上班去，一见认识的面孔从车棚里缓缓移出来，黑豹就钻出草堆一路送过去，送到将近小区门口，再折回来。

老王说狗比人识相，不敢出自己的地盘。他们的地盘，就是靠在每个撒尿的地点留下的印记连成的。

我说，你要向黑豹学习，身体不好，不能乱走。

老王说，黑豹不走，我也不走。

可黑豹还是一声不吭走丢了。

小区里这么多狗，老王最喜欢黑豹。他说，你看黑豹的眼睛，一点也不凶，很善的。可我想，他喜欢黑豹只是因为黑豹最买他的账。有些狗会看眼色，很势力的。黑豹不是，它不挑食，不发脾气，随叫随到。待久了，黑豹会跳舞，会握手，会在我家烧饭的傍晚跑来楼下叫。散步的时候，黑豹就跟在旁边，我们走路，它走草丛。你喊一声，黑豹，它就跟紧一点。你不喊，它就这么远远地跟着。

老王说，放养的鸡最好吃，放养的狗最懂事。

路上的人看到了就说，加涛，你家狗啊！

哎！叫黑豹！老王再也不提脚套的事了。

隔壁大人一出差去，就把狗托付给老王。实际上黑豹的三餐饮食都是老王管的，现在连早晚起居也一并管上了，是件天大的事。

那几日老王起得特别早，按他的说法，要过回夏令时了。天蒙蒙亮，扒开被子就迷迷糊糊地喊，黑豹啊，黑豹。匆匆洗漱完，老王就下楼去看黑豹了。

很多人还在睡，老王不敢大声喊，他悄悄走到车棚，黑豹早就醒了。

嘘，黑豹不好叫，放你出去松一圈。

一解链子，黑豹就冲出去了，老王掐着喉咙喊，黑豹不要跑远!

然后回去泡茶吃早饭，吃好药，老王带着茶杯出来和黑豹会合了。有黑豹的日子，老王的上午总是特别长，吃饭也特别快。

老王不爱吃河鲜了，天天都要开大荤。老王吃得很快很快，一吃完就冲出去。他在楼梯上咳一声，黑豹就摇着尾巴过来了。

老王说，我撑死了。却又折回来吃几口肉，预备把骨头带出去。

他怕黑豹等不及，吃得更快了，嘴里含着一口说，黑豹黑豹，我马上来啦。

他的胃是长给黑豹的，他的胃口每天都合着黑豹的胃口。

黑豹很善，也不缺小男孩的戾气。一看到陌生人，黑豹就叫个不停，老王说，你听，黑豹现在有个小大人的喉咙了，好像在说隔壁小男孩进入变声期了一样。

黑豹的脚杆越来越长，脸是一张狼狗的脸，叫声凶猛。有人见它怕，隔壁人家中午就把它锁起来。锁起来的黑豹又变回了小男孩，趴在地上，眼神很委屈，一看到老王走过去，它急切地站起来，不是要吃，是要出去玩。

老王说，黑豹乖，不好出去噢，皮毛这么亮，出去要叫人捉走的。

黑豹就又泄了气瘫软在地上。

后来再听，黑豹的喉咙粗粗的，厚厚的。老王说，黑豹现在完全是个大人了。

长大了，生脚了，黑豹走出了自己的地盘。

4

黑豹走了之后，老王把胃口都给了乐乐。

乐乐很坏，只认东西不认人。老王说，乐乐是个小骗子，你走在路上喊它，它不睬你。你带着吃的过去，稍稍咳一声，乐乐就甩着一只圆圆的大屁股朝你跑来，吃完转身又走了。

乐乐跟着老王散步的时候也是假头假脑的，明明是跟回家，它偏偏要绕来绕去，表明自己不是跟你回去，只是恰好和你同路而已。到了楼梯口，乐乐不像黑豹那样上蹿下跳着讨食物，它就近选个草堆伏着，等老王带着什么下来了，才终于按捺不住急吼吼地冲出来。

碰上不爱吃的东西，乐乐一定要挖个坑把它们埋起来，不准别的狗去吃。老王怪它，乐乐小气。即便如此，老王还是心甘情愿给乐乐留食物。

若是碰上几个大清早，乐乐无端出现在家门口，老王高兴得跳脚，你看，乐乐还是知道我好的！

乐乐从前很好看，长毛，白净，大眼睛。可是一年三胎小狗养下来，乐乐一下子从少女变成了老太婆，整天摇着它臃肿的大屁股，拖着一排下垂的乳房，下雨的时候尤其邋遢，白毛脏成了灰毛，遮住两只眼睛，看起来像捉垃圾的人养的小野狗。

老王说，乐乐，你好洗个澡啦。

乐乐只顾低头吃，一块排骨落下来又吞进去，吞进去又落下来。

老王总想摸摸它的头，可是妈妈关照不准摸，有跳蚤。老王总是半伸不伸地弯着他的手，不敢按下去，乐乐，妈妈不准我摸你，妈妈知道了要凶的。

有时他也会忍不住偷偷摸几下，握个手，嘴上不住说着，乐乐乖，乐乐顶乖。乐乐就在地上打滚，老王很开心，但只能偷着开心，不能叫妈妈发现。

天热起来，乐乐洗了澡，剃了毛，一下子又变回了小姑娘，身边围着各种毛色的公狗。老王说，乐乐最近心蛮野的喏。

路过的人看到乐乐的腹部又荡下来了，一脸吃惊，啊，乐乐又有啦？！

乐乐若无其事地在两栋楼之间走走停停，不动的时候就变成沉积下来的一堆肉。

关于乐乐的情事，老王知道得比谁都清楚。他的脑子记不住好多事情，却能列出一个大清单，小区里的狗谁看上谁，谁看不上谁，每条线和每个箭头他都画好了。

矮脚狗卡卡蹑手蹑脚地走过来，老王说，卡卡又来找乐乐啊，人家不想理你的。

老王说，卡卡长得不好，乐乐喜欢一只大黑狗。

他指给我看。大黑狗就站在乐乐身边十米开外，远远地看守着，各自不动。卡卡趁他不注意，溜过去舔舔乐乐的屁股，乐乐一下坐到地上，自讨没趣。

老王说，卡卡想揩油啊。小伙子要拿出点噱头来呀。像是在鼓励它。可是卡卡再也找不到机会占便宜了。

卡卡丧气地兜来兜去，最后兜到老王脚下默默趴着。

老王说，卡卡不要紧的，我看对面那只小黄毛也蛮好呀。他像安慰一个失恋的小兄弟。卡卡和老王坐在一起晒太阳，小黄毛坐在一群老太婆中间。再远处，是真正的老太婆来福。

来福什么都不参与，它反正也听不见。老王说，来福看它们，就像是老祖宗看小孩过家家，不稀罕的。

乐乐很有口福，它的爸爸侯哥，以前在小区门口卖鸭脖，现在到医院门口摆流动快餐小摊了，那些卖不掉的盒饭，晚上都带回来给它。所以乐乐的嘴巴很刁，老王的饭碗它总是不屑一顾。平时乐乐就坐在楼梯旁边，帮着看守那辆电动三轮车。过了中午，老王得意地说，乐乐，大人不来，盒饭没有，看你怎么办喏。乐乐就乖乖地跟老王回家吃剩菜去了。

有时大人会带乐乐一起出门。它坐在两个轮盘中间，快车上的大风，把乐乐的长毛吹得全都横过来了，像一个失控的拖把头，老王和它挥挥手，乐乐再会。

乐乐的头就一直回过来看他。

这样的下午老王又少了一只做伴的小狗。

吃过晚饭，他估摸着乐乐要回来了，就去楼下看。

乐乐回来了啊！走，一道兜两圈。

若是没看到，他就当什么都没发生，唱着歌散步去了。

老王不爱去医院，他最讨厌定期检查，每趟去完回家都哭丧着脸。可是有一天他异常高兴，他说乐乐家的快餐小摊就摆在医院旁边，这下妈妈挂号的时候，他有事情做了。

我和乐乐在医院门口玩了好久！他掏出手机给我看小视频。

两个不能擅自离开小区的老朋友在小区外头碰见，热情涌出五脏六腑。

后来老王不肯去医院，妈妈就说，哟，乐乐不在家，我们去医院看乐乐啦。

老王就有动力去了。

回来的时候两副面孔，看到乐乐是一副开心面孔，没看到又哭丧着一副面孔。

妈妈说，你去医院是看乐乐还是看毛病啦。

你看毛病，我看乐乐。老王小声说。

在医院没碰到，回来就要特意绕路过去看乐乐。总之在去医院和回家之间，一定要有乐乐。等到乐乐摇着大屁股在他身边兜来兜去，老王的面孔就又舒展开了。

妈妈说老王现在是个小孩子，只知道白相。

从前老王的白相是大人的玩法，打牌、搓麻将、喝茶讲话，现在是小孩的玩法，同狗玩，同别人家的小孩玩。有时又是老人的玩法，谁也不理，独独闷坐一个半天。像来福一样。

乐乐也越来越不爱动了，就在楼梯旁边盘坐着，像一团剁好了准备嵌进馄饨皮子里的夹心肉。老王说，乐乐，你再懒下去要变成来福了。

可是他又说，变成来福是好的，人一岁狗七岁，谁要是像来福这样活过十六七个年头，也是古往今来的大稀客了。

5

老王结交了新朋友小黑和阿郎。是对门相邻，也是忘年交。

小黑一岁出头，不爱吃饭，瘦得像非洲难民，浑身没有一点肉。可是瘦有瘦的好，溜得很，被城管抓去，能从细笼子缝里钻出来。隔了一夜，早起的人说，看啊，小黑好好地睡在自己的啤酒筐里呢。

老王头一次给小黑喂食，吃了几口它就跑了，过几分钟从墙角溜回来，身后跟着一只块头稍大的黑狗，毛色夹杂着大片的灰白，看起来很老态。小黑领它走到饭盆附近，自己就绕开了。

老王说，小黑乖，讲义气，以后我多带点，两个人一道吃。

小黑有着像黑豹一样的天真气性，它喜欢站起来，伸出前爪跳舞，吃完了就跑，饿了又跑来吃。阿郎不一样，万事都很谨慎，不跟你示好，也不乱发脾气。三麻子说，阿郎活了十多年，小黑的岁数嘛，不过是它的零头。三麻子浪里来，世面见得多，是个铁打的老江湖，阿郎和他一样，浑身上下写满了“不好惹”三个字。可是铁打的敌不过玩阴的，三麻子中了风，麻掉了左半边手脚，他和阿郎老来就缩在角落里度度日子，一声不响。

三麻子说，弄堂里养大的狗，懂规矩，不上楼，只睡地上。阿郎看起来老态龙钟，从前相当厉害。阿郎叫一声，其他狗都是不敢响的。它又晓得分寸，从不咬人。什么人什么事体，阿郎都见过，心里都有数，只是这里不比弄堂里，再不去吃屁管闲事了。

三麻子天天坐在杂货店里打牌，阿郎就和小黑玩在一起。人们都说，一老一小这么要好，也是稀奇。阿郎从车棚里探出一个灰白的头，看外面进进出出的车辆，也看对面楼底睡觉的小黑。老王逗弄小黑，它也在远处看着。吃饭的时候，等小黑吃饱了，阿郎再过来尝点剩的。阿郎不吃醋，可是老王说，它心里也会不开心，但你若真的去热络它，它又摆着架子走开了。

三麻子说，我们阿郎是正宗的冷面热心肠，等它熟悉你了，对你不要太好。三麻子一张嘴全是阿郎的好话。他说阿郎识得来红绿灯，下雨会催你收衣服，听到你和人吵架，他定要凶别人来护你。

老王说，阿郎这样的狗，你要敬的。很快的，老王就晓得了阿郎的好。

小黑即来即走，阿郎像一个监护人，慢悠悠地跟在后面。有时小黑被什么新鲜的动静突然引跑了，老王喊都喊不住，阿郎就留下来陪着。兜一圈，又兜一圈，阿郎不声不响地跟着，一直跟到家门口，但绝不上去，只在楼梯口张望。

老王说，阿郎，快点回去，明朝会。

阿郎不走，也不上来。

老王说，那我先走了，你也早点回。

老王上楼，隔一会探出头看，阿郎还在底下蹲着。

等到门“砰”的一声关上，从厨房窗户看出去，阿郎已经不在了。

老王说，阿郎叫他想起几十年前北京路上那些草狗，每家每户都有一只，黄毛的、黑毛的、杂毛的……长相呢，多少都带着点阿郎的样子。他说那时候的狗，好像也很有劳动精神的，不讨来吃，也不乱叫。他说不像现在，金贵得很。

所以老王一直另眼相待阿郎。喂食的时候，语气也温存下来，像去看望一个老人。

阿郎，慢慢吃，慢慢吃。

只有在晒太阳的时候，很奇怪，狗一碰到太阳光就软下来了。老王摸着阿郎的头，阿郎眯缝着眼睛，突然和年轻的小黑没有了差别。

老王喊，阿郎，阿郎。阿郎喉咙口就发出一阵咕咕咕的哽咽，轻轻的，有点低哑，好像老王早上起床的时候，一边嘟囔着什么，一边又含着一口老痰，听不大清楚。

老王说，狗其实都懂的，它们比你聪明多了，只是有嘴巴讲不出的苦。

6

小区里的狗辈分不一，生着高高低低的喉咙，各式各样的脾气都有，就像小区里的人一样。

有像来福和阿郎这样活得长的，不知哪一天就老死了。

也有像黑豹这样的，生龙活虎着，不知哪一天就闯了倒霉事体。

老王说，人活到像来福这样，活回本了，也就不怕死了。若是活在像黑豹的年纪，心里更加不知道存一个“死”字。

他讲起自己十六七岁，光身在河里游泳，从货船的螺旋桨下面贴身钻过去。也攀上乡下人的拖拉机，一乘乘到毫不认识的远地方去。爬到高树上伸手捉胡知了和金飞虫，再高的树丫杈，没有不敢上去的。

他说，人年轻的时候，脑子里就不会写“死”这个字。

可是现在呢，生了毛病的要开刀、要吃药。吃了牢饭的要送钱、要缓刑。谁都不舍得一条命。可是这条命呢，确实越来越险，出门要看红绿灯，看杀头车，一副性命绷得紧紧的，看得死死的。

老王摸阿郎的头，阿郎，你说是吗？

阿郎不响。旁边的小黑已经睡着了。天冷了，它的啤酒筐里又多了好几层垫絮，不知道什么时候是谁给铺上的。

老王抬头看看天，阿郎，妈妈说明朝要下雨，怎么办啊？

我不出来，你们也别出来了。

我讲，你是狗司令，你最大，人家出不出来都要你管牢。

老王说，瞎讲，我不是司令，我和阿郎一样，和乐乐一样，我是加涛狗。我们一样的。

狗不怕死，怕下雨。下雨天不能出来玩。放晴的时候，好像放回了一条命。

老马的故事

1

小区里有很多老太婆。

比如一进大铁门，从小官的放哨亭朝后走十步，公用厕所斜对过，眼见的第一栋楼底下就闷坐着一长串老太婆。她们屁股底下那只船，那只不知谁扔下，也不知谁捡来的褪了色的破沙发，载着她们紧紧停靠在一楼阳台凹陷的空地上。夏天阴凉，冬天太阳斜斜地射进来，正好暖洋洋的。

老太婆们从早坐到晚上，谁都不动，也不说话。好像她们单凭自己是不存在的，只偶尔寄存于几个来去的相邻眼里。路过的人认出了谁，谁就出个声响。

石奶奶!

哎，屋里去啊。

打完招呼如同没打过一样，继续闷闷地坐着，彼此不言语。

过午，卖菜的乡下人骑着三轮车进来，在空地前面停车、卸货、摆摊，顺带把这片阳光都占去了。荤素一铺开，便来了很多人看菜、挑菜、买菜，有些人纯粹来消闲，略瞥上几眼，赶紧围着讲起新鲜事来。

于是买菜的买菜，聊天的聊天，他们身背后这座沙发还是不言语。

徐爷爷还在的时候，也常去那船上待个半天。他走过来，西装裤，白衬衫，撸起袖子管，显出全钢手表，钥匙在口袋里叮当响。小官喊，徐爹爹来值班啦。徐爷爷一个大招手，走到某两只屁股中间，找一个空当斜斜地抽身坐下去，两只屁股不说话，只顾往外挪，她们俩一挪，外围的两只也跟着挪啊挪，像水里扔了个石子，波晕就一圈一圈朝外泛开去，缓缓地，有条不紊地。直到给徐爷爷腾出足够放下一个屁股的位置，大家就不动了，继续风平浪静地坐着。

阿金没了店，阿金也常来船上坐坐。他是想开口的，只怪开口太吃力。坐久了，他们就都变成了自己身后这面墙上的浮雕。

晚饭边，浮雕们一个个陆续走出来了。彼此间并无告别的习惯，要散了，花点气力起个身就散开去了，也不讲先后。好比老人嘴里的牙一颗颗落掉了，你猜不到它们落掉的顺序，走掉一个，又走掉一个，走掉了，就不晓得明天还来不来了。

这是一种。

另一种呢，是爱说话的。爱说话的老太婆总是看起来少些老态龙钟，眼神中透露出足以叫年轻人畏惧的刺探和攻击。她们是行走的嘴巴，有时说话，有时嗑瓜子，哪种都随身漏下窸窸窣窣的声响。嘴巴配合高度敏感的耳朵，倚靠在每一处可能生发讨论的角落，比如杂货店门口、剃头店里、水果摊，或是麻将馆内外，这些场所像藏着甜物一样藏满了隐形的话题，供蚂蚁们循着香气聚拢，一碰头便切磋起来。有时两人迎面碰到，当街便说起话来，有时隔着阳台拍被子也能说起话来。她们最关心小区新闻，若说起外面的事，没几句也总能扯回来。她们咒骂也叹息，帮亲也帮理，拥有最简单粗暴的情绪库存。

这是一种。

有时你会觉得，一个小区同一个车间无异，有人干活，有人说话，时不时出了些事故，更多的还是虚惊一场。有的女人在车间闷头干了半辈子，老了就爱抬起头来说话，填补无数个白班夜班的沉默。有的呢，在商场里、马路上大声吆喝了半辈子，到老只想讨个清静，就闭口不谈了。至于一辈子张口到老的，徐爷爷见过的女人多，他说，这样的也不在少数。

还有一种，她总有做不完的事。没空扎堆说话，或是呆坐消磨时间，她总是独来独往，匆匆忙忙经过小区门口，挑几棵菜转身就走。这样的老太婆，人们唤她作劳碌命。

2

老马走路很快，她总是赶时间。难般碰到个熟人，啰唆上两句又走了。老马一头烫卷的短发，打扮干净利落，看上去交关年轻。徐爷爷说，老马给人一种旧社会大户人家小姐的感觉。

可我并不觉得。毕竟老马是我们托儿所里管屎管尿的阿姨。

托儿所是个很不讲卫生的地方。倒三班的大人顾不上小孩，才往托儿所里一扔。三五个阿姨照看二三十个小孩，万事都要集体行动。一个要吃饭，得等大家洗完手；一个要出门，必须都穿好外套。要小便了，就排队用痰盂，跟工厂流水线似的，一个阿姨负责剥裤子，一个负责擦屁股，再来一个帮你把裤子剥回去，衣服拴好。后来出了个怪事，好多小朋友老想尿尿，可刚蹲下又尿不出了，带去医院一看，说是细菌感染啦，小便的地方会有极小极小的白虫子爬。大人一口咬定，就是那只公用痰盂闹的。于是那道流水线上又多了个岗位，负责把痰盂倒了再给下一个尿。倒痰盂的时候，下一个小朋友的裤子已经剥下来蹲好了，弯腰从两腿间望出去，眼巴巴地等人把倒完的痰盂送回来，于是便记住了这张和痰盂同进同出的脸。脸来了，就能小便了。

那年老马指挥着搬家大卡车往里开的时候，我一眼认出了她。一看到这张脸，身体里就有股莫名的尿意袭来。

老马的新家在我家后面一栋，正好和徐爷爷楼上楼下。大人领着我过去打招呼，我很害怕，总怕她一想起我来就说，啊，你就是那个尿道感染的小朋友啊。好像一瞬间你的小便口就跟着暴露在众目之下似的。

幸好她并没有。老马顿了顿，说，啊，这么大，都上小学啦。我松了一口气。那天她穿着带绣花的真丝连衣裙，无袖，圆领，烫一头卷发，毫无从前那副倒痰盂的模样。

她说，弄好了来吃糖水茶。转身去忙了。老马站在楼底指挥搬家工人们上上下下，招呼儿子放鞭炮，和看热闹的人挤在窄窄的过道上，捂起耳朵听声响。满地红纸屑的时候，她给大家发糖，手里始终牵着她那个看起来不大对劲的孙子。老马使着眼色，阿弟，叫阿姨。阿弟，叫大伯伯。

阿弟一身搭配好的睡衣睡裤，扭着头，拼命挤弄自己的眼睛，终于挤弄出几个含糊的字，阿，姨，大伯，伯。一只手反复撩拨着上衣，隐隐露出一只鼓鼓的肚脐眼。这只异常丑态的眼睛，我后来在小学教室的过道上见过无数次。它比别人的大好多，像一只水里泡皱的百叶结，晃悠悠地翘在外面。女同学们都吓跑了，胆大的男同学故意走近些拿铅笔头戳它，阿弟像只被触怒的野兽在走廊上咆哮着，用蒙着上衣的头往墙砖上撞来撞去。他总是念三年级，他长肉，长胡子，就是不长脑子。

房屋落定，老马喊我妈去帮忙拍全家福。一张在室内，大家围着八仙桌坐，一张站在楼下空地上。老马的丈夫和大儿子兴国大伯伯长得很像，四方脸，圆眼睛，看起来神气十足。兴国大伯伯还有片络腮胡，老早跑江湖那会给人刮伤了下巴，就一直蓄着了。听人家讲他老婆也是一条道上的人，不过没隔几年，看小孩不太灵光，拍拍屁股就走了。

老马的小儿子兴华大伯伯长得像她一些，清瘦，矮小，一家三口都很齐全。室外的全家福里还有一只狗，被阿弟抱在手上，干干净净的，也是老马在打理。照片印出来的时候，我妈悄声说，你看，连狗都是冲着镜头的，就阿弟不晓得朝哪里望。

刚搬来那会老马一家颇为风光，占了一栋楼里对面对两套房，二〇一住着老夫妻和兴国大伯伯父子俩，二〇三住着兴华大伯伯一家。虽然挤，毕竟全家人能做对门相邻，叫小区里那些整日絮叨着婆媳大战的老太婆们十足羡慕。

3

没过几年，这份羡慕就变成了对老马的同情。和阿金一样，老马的丈夫有一天睡醒来感到手脚发麻，送到医院早已不会动弹了。再回家的时候，从此吃喝拉撒只能在床上解决了。

她们说老马命不好。谁命里摊上老伴中风，都比自己生毛病还苦。死了，一了百了。好了，谢天谢地。顶顶尴尬就是像这样瘫着的，瘫个五年十年，谁晓得呢。

只晓得老马又过起了把屎把尿的日子。

天气好的时候，老马偶尔也会推着轮椅出来，老头子一双圆眼睛早已耷拉下来，弄不清他看着哪处，脸上尽是松垂的皱皮，无力地支撑起毫无形状的眼角和嘴角。手和脚是看不见的，藏在厚厚的毛毯下面。老马旁边跟着阿弟，他分明是成年人模样了，只是浑身仍散发着那股不大灵光的气息。阿弟只顾着玩狗，他手上的狗倒是白白净净的。

人们看到这副光景，总是不好说什么。当面就热情地宽宽她心，老马，出来散步啊，老头子看起来精神多啦。

等走过了，人们又开始啧啧啧地叹息。摊上这一老一小，样样式式都要靠人服侍，啥辰光是个头啊。

老太婆们表示感叹的语气只有一种，叫做啧啧啧。她们说，啧啧啧，不得了，是在讲述老马家里的变故。她们说，啧啧啧，作孽啊。就是在可怜老马命苦。

此后几年，这种叹息一波接着一波，有时你会觉得人们的同情已经到顶了，词穷了，可老马遭遇的坏事却丝毫没个止尽。这些坏事面前，人们只好不停地啧啧啧、啧啧啧，在杂货店门口，在麻将馆内外，在小区每一个能播报新闻的角落。

4

没过一年，兴国大伯伯的身体也坏了。他越来越瘦，瘦得要脱形了，面色黑沉沉的。人们背地里传话，晓得吗，酒鬼不好啦。

小区里的人都叫他酒鬼。但小孩不能喊他酒鬼大伯伯，他若听见了，冲你圆眼睛一瞪，叫啥？你就只好改口，兴国大伯伯。吃晚酒的时候除外。

酒鬼一天要吃两遭酒，一顿早酒，一顿晚酒。三伏天那会，或许过午也在吃。

早酒设在小区对过的馆子店里，八仙桌都是摆在马路上的，上班的车一辆辆经过，瞧见桌上的鲜猪肉羊肉配白酒，就一定能瞧见酒鬼们大清早就红着的脸。他们吃得很慢，咪一口，夹点菜，说几句话，再咪一口，就这么一直吃到小学生中午放课回来。晚酒反倒来得清淡些，啤酒花生米，有时多加个冷碟，加盘熟食，自家楼下或是闵珠的杂货店门口，搬一条长板凳，几个酒鬼边吃边聊天，和下班的人一拨一拨打招呼。人们笑说酒鬼好像交警一样，上下班路上躲不掉。

吃晚酒的时候，你喊他酒鬼大伯伯是不要紧的。那会他总是晕乎乎的，说胡话，很大声。他就要讲世道杂乱，讲时运不济，讲自己这么聪明怎么会养了个戆戆儿子。吃得晚了，老马从楼上开窗户大叫一声，兴国！好回了！

酒鬼就大声喊回去，老太婆，等一歇！

过一会，老马喊，碗端上来！

酒鬼端上去，留下酒瓶继续喝。

大家心里都有数，酒鬼两手一摊，万事不管，老子儿子全扔给老母，自己就是吃酒度日子，多多少少份生活都是吃老酒丢掉的。如今当了个保安，走走形式，值值夜班，一点基本工资，也不过是自己吃光用光。他同老马讲，我不来拿你一分钱，你也别来管我，我么，不图啥，吃酒吃到死就好了。

结果真的要吃死了。

从兴华大伯伯老婆那里漏出口风，酒鬼生了肝癌，查出来哪还有救。人们并不心疼酒鬼，好像他吃酒吃死本是个理所应当的归宿，他们只是更加可怜老马。一间屋檐下，爷孙三代人坏掉两个，叫一个老人家心里怎么苦去。

然而老马仍旧每天打扮得干净利落，来去匆匆。她早一趟晚一趟路过大门口，有时买点菜，有时直接回。若有人问起，就简单应上几句，不问起，也并不多说。她的马夹袋里总是隐约露着大包小包的尿不湿和医院开好的纸药袋子。我想徐爷爷说的大小姐样子，意思约莫在这里吧。

老马那只狗，和她一样，清清爽爽的，改由阿弟牵着整日在小区里晃来晃去。阿弟不知道苦，总是手指撸着路边的矮树丛，一路笑，一路自己唱唱山歌，说些胡话。

直到老马的声音从阳台出来，阿弟，好回了！阿弟就乖乖回去。

5

那年春节，老马好像晓得什么似的，又要拍全家福了。她推着老头子坐在轮椅上，后面仍是当年几张老面孔，不多不少。阿弟长成大人，兴华大伯伯的老婆少了条手臂。照片印出来，我妈指着两个人说，真真爷两个，以前长得像，生了毛病还是像。

一看，老马的老头子和酒鬼一样，圆眼睛凹陷下去，露出又黑又高的颧骨，瘦得脱形，表情生碰碰的。

没熬过第二个冬天，老头子就走了。人们其实是替老马高兴的，少服侍一个人，少担惊受怕一日，仿佛是种解脱似的。酒鬼仍是天天在家门口摆摊设宴，单位早就辞退他了。生这种毛病，哪天倒在岗位上，岂不是又要平白赔上一大笔钱。酒鬼自己呢，好像从没想过花钱治病，老头过世，也和他关系不大。他心里约莫料得，自己早点晚点也要走了，于是照样喝，照样谈天说话。只是那脸色越来越黑，有时黑得亮堂堂的，十足可怕。大人说他脸上有一种将死的、要腐烂的气息。

天还没回暖的一个早晨，二〇一又响起了老人的哭声，人们才惊觉，酒鬼的大限也到了。

半年送完两趟葬，这下老马是真的显老了。按徐爷爷的话，一个人常年紧绷着一根筋，万事不声不响，一旦挑松了，这根筋就再也挺不起来了。老马的腰板，从此势不可挡地弯下去了。

平日里关心着的相邻们，仍是啧啧啧地关心着。他们收下利事糕，握着老马的手，老马，好好跟阿弟过，不要再去想了，没啥想头。

他们说，两个人去得这么急。老马，人要去了就让他去吧。活人顶要紧。

老马弯着腰，牵着阿弟的手，照旧早一趟晚一趟地出门，带阿弟买菜，同阿弟遛狗，有时吊完酱油，也停下来和杂货店门口的老太婆们闲聊几句，听听新鲜事，跟着笑两声。老马终于也变成那种可以群居的老太婆了。

有人是向前看的，他们说二〇一一下子走掉两个人，老马身上的担子轻了不少。

也有人不这么想，他们讲，老马一个人看牢这个戆戆孙子，以后任务更加重了。

6

老马的另一个儿子，对面二〇三的兴华大伯伯一家是蛮好的。

自从他老婆在车间轧断了一条手臂，他家就时来运转了。赔偿金到手拿来租了个早饭店面，卖卖牛肉煎饺、粉丝汤、小笼、笋尖烧麦，专门做附近学生子的生意，一开张就兴旺了。那时我也常盼望着家里不要剩隔夜饭，这样早上没法烧粥，就可以伸手讨点钱去兴华大伯伯店里吃一客烧麦了。

兴华大伯伯一看就是人家讲的那种“老实坯子”，他只管穿个围裙，捏烧麦，捏小笼，边做生活边和大家聊天。他老婆却总爱扯一些内部情报给人家听。比如刚开店的时候，她站在外面收钱，逢人便要提自己断手臂的事情。

要不是我这条手臂断下来，伊下掉岗，她指了指兴华大伯伯，全家人要去喝西北风了。

这话的意思，无非是要引到老马身上去。她怨老马偏心，老夫妻买了房过户到不中用的酒鬼头上，一门心思要给孙子留钱。

她讲，啥意思，阿弟又不讨老婆，要房子做啥，我们孙女就一分拿不到，讲得过去吗。

听者就跟着点头。幸好小区里的老太婆舍不得到外面吃早饭，不然这话给她们听去了，势必又要啧啧啧，原来二〇一和二〇三从不像她们以为的那么要好。

兴华大伯伯呢，就像没听见一样，自顾和人扯点边角，问问，你蛋皮汤里要不要加点盐啊，今朝落雨伞带了吗，他还喜欢故意骗抄作业的中学生，老师来了！吓得大家赶紧收本子藏到大腿上。我晓得的，断手臂的不是兴华大伯伯，断手臂的钱他倒是有份的，吃人嘴软，难怪不敢发言。

这几年早饭越来越贵了，小笼包涨到八块钱一客。我说，兴华大伯伯要发大财了。他朝我摇手，示意我不要乱讲，给断臂膀听见了，她要来跟你算账了。比如一有人抱怨，你这价位我们吃不起啦，断臂膀立刻扫起机关枪，拨着手指头跟你算算租金怎么涨，原料怎么涨，最后甩一句，你讲讲看，还能赚几个铜钿。对方只好吃瘪了。

早饭店惯例一周休一天，可是后来越休越多了，连着一两个星期不开，生意都给隔壁油条摊子做去了。可是大饼油条有什么滋味呢，吃早茶的人，都是喜欢点一客小笼配早茶的。他们骑车经过的时候瞄一眼，兴华大伯伯店里那扇卷帘门怎么还是合着。有人说店面到期了，兴华租不动了。大家就上别的街去吃了。

7

再见到兴华大伯伯的时候，是在小区门口。我吓了一大跳。他脸上两片巴掌肉如同被削掉了似的，完全豁进去，头颈细得惊人，像根吊长丝瓜，掐一下就断了。他站在那里，变成了一只鸵鸟。

人们并不懂得淋巴癌是什么，只需听到这最后一个字，就止不住地啧啧啧起来。这成了他们唯一能传达的反馈。关于这病，断臂膀也说不清楚，或许在她那里，什么病都是一样的，到最后都等于钱。一扯到钱，她只想说清楚，老马是怎样弃仅剩的儿子于不顾的。

断臂膀挥着她仅存的那一只手臂，又要向周围人寻求公道了。她说，大家听听看，戆蠹孙子没爹没娘没脑子，钞票全留给伊，自家儿子的性命就不管不要了，阿有这种道理。她讲了一连串，从买房子讲起，讲到戆蠹阿弟不讨老婆，有救济金，又讲到自己小孩二十来岁，什么都没有。她的手臂挥来挥去，她说，我啊，我恨不得这只臂膀也断掉算了。

有几个老太婆听到落眼泪了，兴华大伯伯在旁边不响。人群中那啧啧啧的声音变得很轻很微弱，我不知道这回他们同情的是哪一边。也许他们心里和我一样，乱糟糟的，理不过来。

从此二〇一和二〇三断绝了往来。

断臂膀的独白多么催泪，她像个电视剧里找衙门爷诉状的含冤妇人，日复一日地讲。全小区都知道了老马对自己的儿子见死不救。兴华大伯伯的脸越来越小，我感到断臂膀的面孔也越来越老，足以加入老太婆的队伍。有时门口没几个人，断臂膀就对着沙发上那一排说，你们讲讲看，老马偏心吗。

可是沙发并没有给出她想要的回应。

老马呢，老马只有在杂货店门口，对着那几个说笑过的相邻短短地讲几句交心话。她讲，没办法了呀，兴华这种毛病，同兴国一样，没办法的。老马说老头子走之前关照了，孙子不灵光，做长辈的欠他，一定要保牢。老马的眼睛很浑，看不到什么苦水，什么泪花，只有疲劳的、麻木的浑浊。

老马讲，我么，看兴华这样子拖拖日脚，心里也是多少难过，顶好也帮伊擦擦身，汏汏脚，我还做得来啥呢。

阿弟听不懂，他也没在听，牵着那只新换过的狗，黄毛的，还是很干净。

8

有句老古话叫作“来去轧平”，比如一大拨后嗣就是难以开枝散叶，定是家里有个老祖宗迟迟不肯归西。反过来讲，家里有一个人受了苦，其他人就会时来运转。阴晴圆缺，最后总是能互补的。可是这话在老马身上竟丝毫不灵验，她迟迟得不到补偿，反而一直亏，一直空，直到最后完全没有了。

老马的孙子得了尿毒症。

人们连哪怕一个啧都发不出来了。谁还能相信呢，老马送走了一个，又送走了一个，一个残喘着半条命，接下来竟还要送一个吗？

可事情已经是这样了。那天医院里所有人都听到了。老马喊得太响了，她没命地哭啊号啊，让我来生啊，让我老太婆来生这种毛病啊，让我去死啊。医生觉得家属反应过激了，他们皱着眉来提醒，这里还有病人。他们不晓得老马亏得什么都不剩了。

阿弟一周要做三趟血透，平时在家静养。老马又过上了把屎把尿的日子。

阿弟的脸色时灰时黄，一副黄梅天的样子，叫人见到了浑身难受。他还是像过去那样坐在阳台上，穿着干净的、配套的睡衣睡裤。这些老马从布店里买来亲手做的衣服，阿弟在小区里展示了十几年。一出大太阳，老马就拿出来晾在小区的白场上。夏天是薄的，有些碎花碎叶子的图案，让阿弟看起来好年轻，像个小孩子。冬天呢，是买来那种夹棉的，都是暗色，印了铜钱啊条纹啊，又把阿弟变成了叔叔的样子。可是一出门套上初中生校服，整个人又看起来怪怪的，很好笑。

阿弟坐在那里，身体被花花草草遮挡住了，他伸着脖子朝外看，好像一个灯塔上的放哨兵，监视着目下一切动静。他可以看你，你却不可以看他，你若是仰头朝他看久了，他就骂你，朝你吐口水，吐痰。若是他感觉自己击中你了，他就胜利地拍手，跳脚。

这个习惯保留了多少年呢，那些个人家已经出来乘风凉、老马还没洗好碗下楼的傍晚，他不知道朝着多少人吐过口水。小孩吓得绕开，路过的邻居大人看到是要凶的，阿弟，不好吐！阿弟就不敢响了。他知道那不是敌军，是长官。但现在没人敢呵斥他了，他们觉得可怜，看在他没几回可以吐，看在可怜的老马的分上，谁也不会再对着那个阳台大声训骂了。

人们也不想再多讨论老马的家事了。他们觉得一定是老马身上出了什么问题，断手臂头一个这么认定，她把兴华大伯伯和别人的病统统归到老马身上，说她健壮，把别人的都吸走了。也有人说是老马挑房子没睁大眼，靠河二楼风水不好，所以还是远之为妙。我想老马心里肯定也在苦思冥想，自己到底做错了什么，要眼睁睁看着这房子里的人一个一个走完。可是就算做错了还怎么弥补呢，老马已经是年过八十的人了。

9

阿弟的亲妈回来了。

她看起来不老，打扮得很俗丽，是那种老太婆们一边见不入眼一边又暗自羡慕的时髦。她不由分说就住进了二〇一。

她是来照顾儿子的，开车送阿弟去医院，陪着做治疗，再接回来，擦屎擦尿的活也不声不响地一并承担了。老马呢，只管住三顿饭就好了。

相邻们都讲，这女人有良心了，到底是亲骨肉，心里舍不得的。他们也替老马感到开心，苦了这么久，年纪又这样大，身上的担子总算有人帮着挑了。老马心里也好受了许多，阿弟住院的时候，老马得空了许多，就顺带给兴华大伯伯家里做饭，搞卫生。一出大太阳，白场的晾衣绳上总是挂满了他们家的衣服被子。老马说，晒晒，晒晒，晒掉点晦气。断手臂是不反对的，毕竟家里多个保姆，她又可以顾店了。

可是没过多久，阿弟的亲妈要老马搬出去住，她一个人来照顾就好了。大家才反应过来，什么嫌老人身上晦气，都是托词，那女人原是来抢房子的！

老马没办法，想借住到二〇三去，被断手臂一顿臭骂，前后几栋楼都听到了。

儿子生病不拿钞票，戆戳孙子生病倒好，又贴钱又送房子，你不去看看牢，还有面孔到我这里来住！

你这个宝贝孙子啊，今天不晓得明天，你快点回去，这套房子我们兴华也有份的，不要叫没良心女人抢去。断手臂故意说得很响，说给对过听，对过并不理睬。

可是一回去，又被那边的女人轰出来了。老马就在中间那短短的过道上来回打转，像这些过道上的蚂蚁、蜘蛛、四脚蛇，直到社区来调解，女人勉强放进来住了几日。没一个月，那女人又要轰人了。为着一口咽不下的气，断手臂是绝不会收留的。

有人说下夜班回来，看到不知谁睡在大门口那只破沙发上，不晓得是不是老马。小官来开门的时候，沙发上早已没有人了。白天渐渐冷起来了，冷到不知冷热的老太婆们也不愿出来坐坐了。那么冷的天，也没人站在露天打听老马的家事了。

人们再打听老马的那天，离春节已经不远了。那天老马搬来一只小板凳，从自家顶楼跳了下来。一句话也没留下。

10

那一天的老马是裸着的,她剥光了自己,平地上所有人都看到了。

他们说老马不声不响给人擦了一辈子的屁股，给老头子擦，儿子擦，孙子擦（他们或许不知道还有那些托儿所里的小孩），到头来自己是光着屁股死的。谁来给她擦呢，她那团血肉模糊的身体，连着没人擦的屁股，被救护车抬走，扔在太平间里，从此她再也不用给谁擦屁股了。她也不用再去想，先送谁，再送谁了。

老太婆擦着眼泪，嘴里仍念着那句老古话，生毛病苦，服侍生毛病的人更苦。她们肯定都在苦苦祈求，这样的苦命千万别落到自己头上。不过她们都这么老了，要论苦日子，谁还能比老马度得更久呢。

不落眼泪的人则说的略风凉一些，老马本来可以活很久的啊，你看她，这么多人生病，她倒没什么毛病，怎么就想不开了呢。

那女人的说法是，你们不晓得，老马心里有病，忧郁症的，这么多事情出来,怎么还想得开。我就是怕出事体,让她早点搬出去住。老人院里万事太平，有啥不好的啦。

同一栋楼的邻居最痛苦，尤其是女人，都不敢走楼梯，偏生老马他们住在二楼，绕都绕不开，住六楼的人更怕了，总觉得楼顶有小凳子摇来摇去似的。他们埋怨极了，老马为什么不去跳河呢，为什么要叫旁人也不好过呢。

我不知道徐爷爷会怎么说，那时他也已经不在了。

阿弟的脸时灰时黄，一副不吉利的黄梅天的样子。他还坐在阳台上，穿着一整套老马做的睡衣睡裤，裹着围巾，戴着线帽。我不敢朝他多看，口水可以躲，那脸上的老马的影子可躲得掉吗。除此之外，我也怕某一天抬头再见不到他。

我有点觉得门口那只破沙发是多么安详啊，好像是诺亚方舟了，那船上的老太婆什么都不晓得，不会啧啧啧，也不落眼泪。这样活着，好像跟死了一样，但又分明是好好活着的。死了的老马，大概也像她们这样，找只船，坐一下，万事都不用操心了。

春光的故事

1

春光，春光，听起来好像是个开心人的名字，实际上春光一年四季总板着副面孔。

天气晴，春光坐在自家楼下，一条长凳上，塑料的、木头的、五金的、橡胶的工具，样样式式摆齐，对过设一张空藤椅，他就端坐在当中一只矮方凳上，像株生在低谷里的树，一声不吭，细摸细想。

有大人领着小孩路过，自己打了声招呼，又给小孩使个眼令，小孩不敢响。大人拍拍小孩的背，叫啥，叫啥。小孩仍旧闷声不响。

现在回想起来，怪就怪春光长得凶，加上他一脸不尴不尬的纹路，实在让人难以在大伯伯和爷爷之间狠下决心。那时候我也犹豫很久，勉强从嘴巴里挤出一阵蚊子叫，春光大伯伯。

春光从手上的木工活稍微抬起头来，板着面孔应一声，哎，侬好呀。然后继续干活。春光有一副听起来比大家洋气交关的上海口音，这给他平添了几分严肃。一埋头，脸上又浮现出两道叫人害怕的黑线。

春光凶，多半要仰仗他一双又粗又浓的眉毛，这种眉毛长在周总理脸上显得一身正气，长到春光这里就可怕极了。最怕他一低头，叫人只看见光秃秃的额头底下倒吊两条黑毛虫，那感觉好比小时候练书法，一笔头往砚台当中戳进去，蘸饱了墨汁，再一笔头提起来，屏息画出一个王字的前两横，每一横都厚得能戳破垫在最底下的那层报纸。写完定睛一瞧，只感到眼前阵阵晕眩。

春光的眉毛，小孩子看久了恐怕也是要晕眩的。做活到吃力处，那两条虫一蹙，甚至要往眉心蠕动起来。

老师见不入眼，就说，同学们注意收，注意收，起笔过重，后面容易干掉。我想春光的眉毛，肯定是一起笔就收不住了。

老师眼力尖，那个王字写到最后，笔头已经干得不行，一横里面，黑的少，白的多。我看着它，它看着我，再看一眼老师，心里多少尴尬。

春光老来的眉毛就是这样，粗是粗，不浓了，看过去干巴巴的。大人却说，这种眉毛好，叫做长寿眉。我不晓得，我只是逐渐感到，眉毛淡下去，面善竟上来了几分。

路过的大人再拍拍小孩的背，叫啥，叫啥。小孩想也不用想，一口一个春光爷爷，春光爷爷。

春光仍是不大有表情，哎，侬好呀。迅速埋头做他的事。那手里的生活，好像永远做不完似的。

我问他，春光大伯伯，你是喜欢老早呢，还是现在。

春光讲，人活一张面孔，好比家里厢造个门面，此地就是贴副春联。

他举起两根手指，一根紧紧并着另一根，另一根直直地戳住自己的眉心，灰白的长寿眉就变成了一对翅膀，笔挺地张在两侧。

新贴新色，贴久了么，总归要褪颜色的。

春光又要跟我打比方讲道理了，他总是这样，文绉绉的，总爱讲道理。

他讲，大伯伯么，新过年贴着出风头也好，淡掉也好。没啥欢喜不欢喜的。

我心里想，那总归是年头上的好。凶归凶，最起码拉得动木锯。

2

春光的木锯，我不晓得他拉了多少年。

无数个清早，太阳还没照到，春光的锯子已经从不知哪条墙缝里漏进来了。咔哧，咔哧，那动静不比工地上的，也不比装潢队，倒像是小时候住在弄堂里，从解放路桥下那一爿棕榈店传出来的声响。笃悠悠的，不躁，和人家窗门里放半导体的声响，水塘边捶衣服的声响，脚踏车在过道上打铃的声响是一样的。那是一种距我十分渺远的混响，更多的声部，我说不上来。

这样的混响在小区里是难以听到的，尽管这里分明也是个被人遗忘的旧小区了。春光的木工活孤零零的，随时要被摩托车发动、汽车鸣笛以及毫无征兆的狗吠覆盖住而显得太过微弱。我偶尔还是能捕捉到一些，推开阳台窗门，朝斜对面望一眼，春光老早进车间劳动开了。他就住在我家后面一栋，和怪脚刀等于是铁隔壁。

一楼灶间正对下去，春光养了座小花园，这几乎是全小区头上的一顶皇冠。照以前，每栋楼前的空地皮上不是狗毛杂草，就是散着异臭的花。见得入眼的，就随它长着，换季了总有人推着修草机来。见不入眼的就擅自端了，栽上几株枇杷树，几株无花果树，或许还能吃上几口。也有种小尖椒的，小胡葱的，好省去菜场里几角钱。可是谁家狗一踩，那些半枝莲啊，薄荷叶啊，连茎带叶都被碾进泥里，楼上楼下又要扬脖子红脸。不过这都是小事，最怕碰上停车场扩建，管你高的矮的，统统砍了浇上小方砖。人们眼睁睁地望着自己长到两三楼高的树被拦腰斩断，有的骂娘，有的不响，过一阵重新栽过。偶尔看到缝隙里伸出一两根小草，竟还是原先的狗毛草，心头光火。

唯独春光楼下，老远望过去，常年一片齐整的光景。

春光这片地皮，寸土寸金，毫无闲置。一面贴墙，正好堵住他的车棚窗门。三面围着木栅栏，当中有一爿是活动的，等于一扇小门，合上的时候不留缝隙，打开的时候，脚边恰有块红砖专门抵住。

红砖跟肥皂一样，下雨天泡没了轮廓，用着用着就单薄下去。好在窗沿下总是堆着一摞捡来的红砖，我后来敲过好几只角在地上写字。靠墙先是一排水缸，按大小依次立着，大的盖着木板，很工整的方片形，有时上面躺着一个木瓢，有时木瓢浮在缸里。小的装泥，或者不装，附近摆着几只长条的豆腐盒，分不清是春光浇花留下的，还是喂狗留下的。

树种在地上，也是那几样大家都会种的，枇杷树和无花果树，长着长着就要歪到路上去，春光就常常修剪。另一株茶花树，春光嘴上不说，谁都晓得那是他的心头宝。春光特意搭了个小隔间，四条长木板牢牢撑着，入了冬还要拿塑料膜裹起来。花是栽盆里的，有时也用小缸。一般人家种的凤仙和夜来香他有，映山红和茉莉他也有，但也都是些普通的品种，结了小果子就红红的，不结便被靠外的枇杷树档住了，看不清开不开花。

即便如此，小花园里头也挤得落不下脚了。春光就在不种树的空当处铺起瓷砖来。一块半块，都是些人家用剩的碎形状，碎花纹，踩进去才晓得，噢，这是条路了。下雨的时候，按着它踩，脚不会湿。

我讲，你好开店了。卫生间的小方砖也有，客厅的大方砖也有，灶间的大理石也有。

好看呀，春光讲。可是他脸上并没有因为感到好看而高兴，仍闷头锯着刚讨来的木纹地板，细长条的，表面有树的螺纹。他把截面弄平滑，贴在墙根。又多了一个落脚的地方。

3

春光就是这样，没有哪件东西不是他自己做的，就连木锯也是自己绑的。春光的木锯每天咔哧，咔哧地响，人们并不知道他在弄什么，过几天去看，好像是多了一个防水的顶，一块扶手，还是什么细小的改装。春光的东西有些用在小花园里，有些用在家里，也有的被别人讨了去。剩下没人要的，做完了就扔在杂物间里，扔多了，杂物间就满了。可是春光还在继续做。我只感觉春光的手停不下来，像早晨漏进来的声音一样，细细的，停不下来。

人们路过小花园，春光就坐在外头，他们说，春光，做生活啊。

春光以极小的幅度抬头，哎，侬好呀。

打完招呼，人们总会习惯性地多看一眼小花园，觉得好看。

也有人不服气。每次卫生大检查，社区狠心把大家的自留地端了，春光这里却从来免拆免检。问起来，社区里讲，你们是自留地，春光这是小花园，不一样的，我们还要专门带领导过来视察呢。

那人讲，有啥稀奇的啦，不就是搭得像样一点。他觉得种树就是种树，何必搞花花头头。也有人跟话，哦哟，那我们也把阳台搬下来好了，又没啥厉害的品种，弄得这样金贵。

自留地好不好看，就好比穿衣服一样。春光的衣服不花哨，但是自己晓得讲究。有人趁机开刀，春光么，就欢喜弄一身行头。我知道他们又在讲春光的领子了。

有些人穿睡衣买菜，有些人就算早上遛狗，也要梳头穿袜。好比徐爷爷，走到哪都戴着他那块上海牌全钢手表。春光呢，穿一件也好，穿羊毛衫也好，一年四季脖子底下总要露出一个雪白雪白的衬衫领子。坐在他旁边，我总感到那领子和他的眉毛构成了两个极端。

有人就说，上海人的假领子呀，装装样子。可是谁也没见过春光阳台上晾出过他们口中的那只假领子。

我也没见过。我只是觉得春光厉害，每天穿着他的白衬衫坐在露天劳动，却不见哪处弄脏过。不像我的校服，穿一天回来，贴脖子那一圈不是灰的就是黄的。我羡慕他那只雪白雪白的领子。我想春光肯定很勤洗衣服，可我一想到春光像妈妈一样蹲在卫生间里，一手抓着那只粗毛板刷，狠狠地刷着衬衫领子，就觉得这画面与他并不相称。

再转念一想，如果春光能像妈妈把我的衣服都刷褪色那样刷淡自己的眉毛，或许会跟他的白衬衫领子更相配一些。毕竟那领子带着一种斯文的冷淡，它和小区里其他人都不一样，才有人总是见不入眼。

好在大部分时候，人们都是喜欢春光的小花园的。走过看一眼，眼前并不鲜艳，心里却总觉得好。

4

我头一次和春光说上话，确切点说，春光头一次和我说话，就是在小花园里。那时春光从木工活里抬起头，他说，不要怕，拿钥匙丢伊。

初中生的时候，六点是要爬起来跑步的。小区很小，绕着住房三分钟就能跑完，再大些，从家门口开始，前门，后门，到白场，再兜到春光楼下，一圈差不多五分钟。每趟路过小花园，瞥见春光直着身板做活，他不抬头，我也不敢打招呼，只闷头朝前去了。

拐角处若是跑快了，就容易被野狗追。你逃得越快，它越追得紧，你再逃，它就一直追着你。这种狗叫欢头狗。

春光教我装出一副扔钥匙的动作，野狗一惊，欢劲吓去了大半，掉个头就走了。我朝春光看一眼，他早就埋头干活了。

跑完最后一圈，春光蹲在地上打理花草，一顶鸭舌上带粒纽扣的蓝帽子突然抬起来，摆出两道黑毛虫，讲，今朝，三刻钟。

啊？

十圈。

噢，噢。我站在栅栏外面，有点喘。

原来春光一直帮我数着呢。

春光讲话的口气很严肃，不像别的大伯伯，小官，阿金，轻松里混杂着大把无聊。春光像他的衬衫领子一样带着距离感，好像跟你很熟，又好像跟你没关系。有时你也不晓得他为什么要同你讲话。

更要紧的是，他很简短。他讲，今朝跑快了。

今朝，少跑一圈。是要戳穿我的偷懒。

有时则稍微温和一些。睡过头了，是吗。白天读书不要睡着，晓得吗。

我渐渐习惯跑完步在小花园休息，躺在他那只空藤椅里，借他的热水壶倒茶喝，看他做木工活，有时同他一道拔杂草。也渐渐习惯了他这张一本正经的面孔。

小旁友，侬过来。

我像一个小跟班，春光领着我在他的地盘上看来看去。真正进入小花园，才知道它比外面看上去更齐整。春光的齐整，也不仅是一个白领子这么简单。

他讲的话越来越多了。这棵，他回过身来，不大行了。他把小盆挪到外面去，准备单独处理。

要冷了，大家穿衣裳。他好像是在对着植物说。

又说，侬跑好步自家衣裳穿好。

春光自己呢，还是那件颜色很深的方格子羊毛衫，配卡其布夹克衫，灯芯绒裤子，露出小半个灰白的球鞋面。雷打不动的白衬衫领子。

5

周日的上半天，跑完步是没事情做的，春光就带我去南门河滨的二手集市。

春光说，小旁友，带侬见见世面。

我们走过去大概半个钟头，后门出来，穿过批发市场，经过火车站和立交桥，一路都是没人的，从四季园抄条近路，再走过一片长长的草地，就看到了河边的人群。

那是一个集齐了几十个春光大伯伯的地方。他们垫一张旧报纸坐在地上，朝前铺一只蛇皮口袋，两三个抽屉哗啦一下抖出来，地上便杂乱地堆起一座小垃圾山。拨开来看，才知道里面藏着半导体、大哥大、电话机、风扇叶、马达、打火机充气罐，有些能用，有些拿去拆了还可以当配件，也滚出各式各样的工具，灯泡、电笔、老虎钳、红柄黄柄的十字开刀和螺纹开刀，一包一包装好的螺丝螺帽，大把贴着比基尼女郎图的浪声打火机。千万种宝贝，越稀奇的越好。一群人围着看，伸手拿。

对过几个整齐的摊位，玩的是香烟盒里夹的国画贴纸，雄狮牌、杭州牌专门出花鸟、屏风和仕女图。这时我才知道，原来大人在骂小孩为了集水浒卡片买干脆面的时候，自己也在玩物丧志呢。大人和小孩的道理一样，买得再凶，要集齐一套是很难的，只能靠群众的力量。多了张竹子的，就和多了兰花的换。杜鹃常见，牡丹就少得可怜，谁拿到了牡丹，就好拿到市面上去高价出售了。买不起的，挤过去看看真品也高兴。有些大伯伯淘了大半年，独独缺一张国花牡丹，一狠心就统统卖了，另去收集新出的军舰贴图了。

春光不烧香烟，他绕开去，和其他空手来的人一样游走在旧货摊前，偶尔蹲下来扫一圈，拎出几样把玩，和人讨论。春光一开口就是上海话。

他说，这物什哪能用法。

对方就说，落地扇的摇头搭配。边说边用手指了一下螺纹口。

他说，鸿运扇的有吗。

我帮侬寻寻看。很奇怪，很多人一跟春光搭话，也会切换成上海口音，仿佛是一种礼遇，或是显得自己见多识广。

好呀。春光却总是板着面孔，好像明知自己的特别也装作无所谓似的。

大伯伯们相互买，相互卖，更多的时候是在交流心得。我们常常空手而归，偶尔淘到几样好东西回去，春光显得有些兴奋，一路走一路讲，这样预备来做什么，那样预备来做什么。两只手比画来比画去，好像他脑子里早就有图纸了。

可是每当我说起我看见一个什么东西也很好玩。春光就说，这种么，省力来。他面孔又板起来了。我就不说下去了。

6

有东西要带去换的几趟，春光会搬出脚踏车来，一只黑牛皮的方形手提包放在车篮里，我们推着车走过去，就要慢一点。夏天的时候，四季园的景色是很好的，春夏秋冬四段路，每个园子的天都被张开的树枝树叶挤得满满的，仰头看，好像荷叶铺遍池塘的样子。尤其是水杉和香樟，笔挺笔挺的，柳树太细，其实不好看。

树林里有很多早锻炼的老人，打太极的、跳交谊舞的、下棋的，还有那种拍树的、对着河大叫的、倒着走的。钓鱼的要吃过中饭再出来。

春光从来不运动，他就这么推着车走啊走，走到河滨那个一周只一天早上开几个钟头的二手集市，参加一次技工老头们的社交狂欢。在那里，做纸的、做木的、做五金的，时髦一点做电子产品的，每个人都有一套自己的玩法，就像每包膨化食品一打开，都能吃出不同的玩具一样。

我们回来的时候，不赶时间，就走河边的大路。大路上有些树不长叶子，一年四季就是个树干，春光觉得这种也好看。

侬看，花不如树的，花落掉就要等下一季。树是哪能看都好看的。活着的，死掉的。

有啥好看的。我心里不明白。

他不响，继续抬着头看，过一会又扭过去看河。

春光又说，人也不如树的，弓背的，瘸腿的，总归不好看。树就是模特，高矮胖瘦，哪能样子都好看，模特，晓得吗。

晓得。我心里想，春光又要讲道理了。

一过冬就全是模特了，精瘦精瘦的，条杆老好。

我抬头看了看。眼前明明是密密麻麻的银杏叶子，看得晕乎乎的。

再看春光，微微发福，不高不矮，他一手叉着腰，白衬衫扎进西裤里，皮带上吊着一根长长的绳子，另一头牵着钥匙垂进裤袋里。

我想，比起小花园，春光心里面肯定更喜欢四季园的大树。

后来四季园那条沿河的大路，我每次经过都要抬头看一眼，回想春光跟我讲的话。他总是面无表情，好像自说自话。可我分明感到他是在对我说话。他讲话的时候，人也像棵树一样，站得笔笔直的，如同他坐着的时候，毕恭毕正。直到下大雪那天，我穿过四季园，移开伞，一抬头，头上全是天，所有的树都凋了，你看它们，好像看到了石柱、宝塔、高楼和教堂，不是树，是那些很雄伟的建筑物的模样，笔挺地矗在那里。到了夜里，它们就留下巨大的黑影子。

树比人好看多了，随便侬哪能不好，驼背，瘸腿，适意，不适意，总归是好看的。

那时春光已经不在了。

7

往后几年，春光的木锯渐渐响得疏了，小花园常年是一片清爽的光景。他的劲道都转到修东西上去了，勤快地去二手集市，也跑大大小小的五金铺、修理棚，搬回来的东西越来越多，杂物间都放不下了。

春光就借了小区西边一间朝马路的矮平房，专门放东西，那里原先是个租碟屋。听说要拆，老板火速搬了店面，此后反倒再没消息了。那时每周五提早放学，同学们就冲进去抢碟，偶像剧跟偶像剧抢，动漫和动漫抢，港片和港片抢，抢不到的只能排队等。我不抢，我就在外面帮大家看脚踏车。我家没有碟片机。最早有过一个，坏了不修。

我说，你们修一修呀。

大人说，修啥，家里又没人看的。

大人心目中，小孩不算人。就像大人总是说小孩没有腰子一样。

我只好不响。后来碟片机就当废品卖掉了。

春光说，侬想看啊。

我点点头。

我们就去了那间矮平房。

我从来没想过春光会有一个这么乱的房间。他总是整整齐齐的，连长凳上的工具都是朝一个方向摆开的，这里竟乱得踩不下脚，我看呆了。可是房间里分明藏着无数种我想伸手去碰的东西。三轮车模型、老式台灯、电视机天线，各式各样的饼干盒罐头、玻璃弹珠、串起来的外国国旗、浮着油光的画像。我想着如果能把这个房间搬到集市上去，春光那里肯定是人最多的！可是春光每次只带一两样东西过去，换一两样东西回来，房间里的大冰山，一点都没动过。

春光说，侬不要进去，我晓得在啥地方。

我见他踮脚朝着某处走去，搬一点，再搬一点，挖出个小洞，过一会便抽出了一台顶盖上满是黄土的碟片机。他让我拿着，转身又抽出了一个塑料盒子。

春光忙着连他的电视机，我拆了盒子。都是国产电视剧，电视台里轮着放的那种。

春光讲，这种有啥好看的。语气分明带着不屑。

我却硬说自己喜欢看，看完还要唱插曲呢。

阿拉老早全是看香港片、日本片、美国片的。拉了大屏幕看。他用两只手框出一个大方形。

我不响。心里却在想，你连电视都不用，讲什么老早。

我们坐在店门口看了几集，春光说不好看，就转身去修东西了。我自己看。也跟着哼里面的歌。

那个暑假，我在春光这里一坐就是大半天。矮平房极闷热，可他能找出两个带转头的落地扇对着我吹，风大到连吃冷饮都要争分夺秒。自己则脚边放着一个小小的鸿运扇，他的精工活容不得乱吹。

看完那一盒电视剧花了我好长时间。至于看了些什么，现在早都忘了，只是记住了几首插曲，记住两个风扇对着吹的适意感，和那种同看电视完全不一样的新鲜劲道。

8

春光在小花园的时间越来越少了，人们见不到他，就晓得他又去看店了。大家口头上仍是租碟店、租碟店地叫着。但那分明已经指称了春光的修理铺。

什么东西坏了，人们就说，拿去租碟店修修看。实际上就是叫春光修修看。修什么都可以，回收什么也可以。人们不断地拿东西过来，春光的房间越来越挤，越来越乱了。

春光说，很多人拿过来修，修完就不要了。我想他们大概没期望能修好，他们只是想换新的了。电器淘汰起来太快，每户人家都想要台新的。他们把东西扔到春光这里，说是让他修，实际上和扔掉没什么两样。但若是扔自家门口，看到了心里总会有点舍不得，扔在春光这里呢，像扔了，又像没扔，好比借了个地方藏东西，心里就安定了很多。

可春光还是会修的，每一样都会修。他修一只电水壶的插头，修一个喇叭的扩音装置，修一台什么机器的马达，每一块零件都是他从房间里其他东西身上挖下来的。春光说，拆了东墙补西墙，就是这个道理。

有时也有人喊他上门去修，东西太大搬不出去，打电话叫人维修又太贵啦。他们说，春光，空来看一看好吗。

春光就先空着手过去诊断一下，看出点名堂来，就回去找东西拆，抄上工具再折回来。有时很快，有时隔了很久也不见好。人家有点不好意思，就说，春光，要么还是算了，扔掉算了。

春光不响，他继续修。好像在他手里，不可能有什么东西是修不好的。可是有些东西就是修不好。

人家就从不好意思变成了有点厌烦，想叫春光走，又不好意思说。他们讲，春光，吃夜饭了，侬留下来一道吃吗。他们换上一口上海话假惺惺地热情招待。

这时春光会说，要么我拆下来搬回去修，好吗。

人家巴不得呢，好呀好呀，侬慢慢修，修不好也不要紧的。

春光带回去的东西，有时候半天就修好了，有时候耗上几天。人家下班回来的时候，春光就朝他喊，修好啦，侬来拿噢。

人家就说，好好好。结果好几天都不来拿。

再问起，人家又说，不要啦，不要啦，家里买新的啦。旧的就这么搁置了。

春光修很久的东西，停几天，修一修，又停下来，他不响，人家也不响。到最后人家就忘了。东西就成了房间里的宝物。只有春光晓得，哪些地方还能拆下来再派用场。

春光的杂物间就越来越拥挤了。

9

春光修东西的时候嘴巴闭牢，我就在旁边看着。也有别的人，比如送报纸的、卖菜的，和一些空消消的老头。大家坐着，倚着，望着房间里满天满地的老古董，便聊起由它们所唤醒的上世纪的日子。

送报纸的说，电熨斗实际上都是余姚出的，但是为了卖得出去，贴的都是上海电器厂的标牌。他补了一句，春光，对吗。

另一个说，西湖牌电视，凤凰牌相机，水仙牌洗衣机，侬不晓得，也有大兴的情况。

好总归是洋牌子好，我还是觉得日本的物什顶好。又有人说。

哎呀，三大件啊三大件，现在没一件值铜钿啦。送报纸的又感叹起来。

春光不说话。等他修完了，烧一壶开水，往搪瓷杯里灌满一杯，他就要讲起来了。春光一开口是收不住的。我觉得奇怪，为什么他有时惜字如金，有时什么都能讲。比方说他讲到老电器，就要讲各地的工厂，讲各厂技术工人的水平，再讲到电器行还是上海的顶大顶正宗，他就停不下来了。讲到最后，春光话锋一转，对我说，小旁友，侬去了上海，就不要回来啦。

人家就笑，春光春光，真不要面孔，叫人家不要回来，为啥侬自家不回上海去。春光不响。

二〇〇几年的时候，政策上讲，上海知青的户口能迁回去了，有退休工资，养老和医保也跟得上，一大群人心满意足地回了故乡。也有一小群人不肯走，留下来了。譬如鲍阿姨在此地做了人家，传了三代，眼见四代要出来了，就不再回去。

春光不回去算啥道理。有人问。

春光的说法是，迁回去同几个阿姊抢房子，这种事体我不欢喜的。

每年春节，春光还是要回去一趟。但凡见不到春光在租礤屋门口修东西，小花园的山茶树包得严严实实，必定晓得那几日春光回上海过年了。他的行李很少，别人都是大包小包挤火车，他就提那只黑牛皮的手提包，像出趟短途差，一声不响地走了。

过几天春光就回来了，也不带回什么，仍是一只小小的手提包，立着雪白雪白的衬衫领子回来了。

人家问他，侬黄浦区的老房子啥辰光拆啦。

春光摆摆手，同我不搭界。

春光的上海口音一辈子没改过，可是春光从没想过回上海。

10

春光一回来，照例搬出了自己的三把交椅，一只矮方凳，一把空藤椅，长凳上工具一式排开，久违地又做起了小花园的维修工作。

三把椅子里，那把空藤椅，春光从来不坐的。碰到消闲的人走过来，一屁股就坐进去了。那是一把很老的藤椅，它的藤不是黄色，而是深棕色的，一坐落去，便浑身遭遇一阵透彻的凉意，是那种睡了几十年的老篾席才能散出来的凉意。大人说，这种凉是靠人的皮肉一日一日磨出来的。

人们一坐上去，哇，这张藤椅子适意，真适意啊，春光哪能从来不坐的啦。

春光不响，他也不凶，看起来并不介意。我却晓得这桩事。

在我刚搬来，春光还是个大伯伯的时候，我隐约记得那里坐着一个老阿婆。我记不清她的长相，只知道每次春光坐在楼下，她就和他面对面坐着。老阿婆不说话，就这么坐着，身上披着小毯子。有时春光会推着轮椅带她在小区里走来走去。

路上碰到，大人就让我打招呼。我就喊，春光大伯伯。

大人说，还有一个呢，我看了一眼，就喊，阿婆好。

春光仍旧没什么表情，大人就生气了，拍我的背，叫啥，叫啥。

我说，春光大伯伯好，阿婆好。大人就很尴尬。

春光说，不要紧的，不要紧的，随便叫。

我不明白大人在生什么气。

后来有一次清明，在爷爷奶奶的坟墓开外几排，我看到阿婆的照片和春光的名字，是刻在一块石头上的。

小区里没人提过这件事。年纪小的，像我这样，早已没有印象了。年老的，大多搬出去了，也许因为太久而不去提。长久以来大家看到的春光，就是那个每天独坐在露天干活的春光，板着面孔的春光，穿雪白假领子的春光。他们看到藤椅空着就坐下了，没有人会去多问。

我却再也没坐过。我总觉得羞愧，我想那时阿婆心里肯定很不开心，春光也是。于是我总是从杂物间搬出一只小木凳，坐在他旁边，我们就变成了两株长在低谷的树，低着头，他做他的活，我看他做活，或者拣一些他没在用的工具玩。

春光不准我弓背，他说人坐要有坐相。好几次他停下手中的活，拍一拍手上的木屑，我以为他要起身拿什么东西呢，没想到他猛地往我背上拍一下，小姑娘弓着个背，像啥样子。

他故意很凶的样子，可我早就不见他怕了。我挺了挺背脊，等他重新干活的时候，我就又弓下了。弓着舒服，很多树不也是弯着长的吗。铆足了全力就为了挺给别人看，有啥劲道呢。

可是当我想到春光那雪白雪白的衬衫领子，挺括的卡其布外套和拉得很整齐的袜子，我就在想，春光是做给别人看的吗。

我从来没有问过这些问题。春光是这样一个人，他愿意跟你讲，就跟你讲很多，不愿意讲的事，他有一种让人不敢主动去询问的本事。

可是有一件事却招来全小区问他。

11

那一次，也有人在墓园上坟的时候，瞥见春光的坟墓了。更要命的是，他还看到那块石头上，沈春光三个字也涂黑了，跟旁边阿婆的名字一样，都是暗的。这把看到的人吓坏了。他回来一说，小区里的人一想，觉得春光好像确实几天没在租碟屋门口摆摊修东西了。

闵珠杂货店附近的母瓜子议论纷纷，春光死掉了啊？伊啥辰光死掉的啊。

有些人的关注重点不在这，他们说，伊为啥放在此地，要放回上海去的呀。

又说起了坟上那茬陈年旧事。这女的谁啊，也是冷冻厂的吗，大伊几岁啊，是二婚头吗。他们问个不停。

我这才晓得，原来春光不是木匠，也不是电器厂的技术工人，过去三十年，他是在冷冻厂里切猪肉的。

冷冻厂，我小时候一直以为是个造冷饮的地方，就是那个每年夏天最盼望去的冷饮批发部。七月头上，大人厂里发了冷饮券，小孩就激动得不行，立刻吵着要去批冷饮。奶油棒冰、绿色心情、滚雪球、三色杯，是小孩喜欢的。红豆皇、盐水棒冰，这是大人要吃的，他们觉得吃冷饮就是为了解暑。可是小孩不这样想，我们吃冷饮吃的是奶油和色素。小店一次只能买一支，但批回来的冷饮是自己的，好像不要钱一样。而且小店里品种太少，只有到了批发部，看到十几台冷柜里面躺着几百种冷饮，才感觉来到了一个新世界。

当我穿着背心把脸贴在冰柜玻璃上，盘算着批哪几种冷饮回去的时候，就有一种人，在三十几度的天气里穿着军大衣，穿梭在大冷库里搬冷饮。我以为这种人就是冷冻厂的人。

可是我想错了。冷冻厂里没有冷饮，只有猪肉、牛肉、羊肉，什么部位的肉都有，分批挂在车间里。春光，我后来才知道，是负责杀白猪的。

冷冻厂从畜牧站收来新鲜的猪，也直接从乡下收猪，乡下人自己养的猪叫草猪，吃起来香。他们收来一车一车的猪，先要过磅，按分量排序，接着有人拿着电警棍把猪电晕，随后有人负责脱毛、去皮、大卸八块、洗下水，也有人负责把他们冷冻起来，这些车间都很辛苦。比较轻松的是后面几个环节，管分配和管运输的。可是他们后来的日子也不好过了，没了分配，就要负责卖出去，这可不好卖，于是他们变成了跑销售的辛苦人。

春光呢，春光就一直是站在把猪大卸八块的岗位上。我吓了一跳，春光这只手什么精工细活都会，结果他只是个杀白猪的人！我想着他穿一条冷饮批发部里见到的那种军大衣，脸上结着霜，露出一个雪白的衬衫领子，反复挥着一把有点钝但也不失锋利的刀，我便感到一阵无聊。

我在想，春光这副面孔是在冷冻厂里冻出来的吗。是不是长久对着杀白猪就会没了表情。

我仿佛感到那些木工和旧电器是鲜活的了。

过了几天，春光提着他那只手提包，一本正经地从大门口走回来了。

小官冲上去问，春光，春光啊，到啥地方去了啊。

姆妈没了，我回去看看。

大家当侬没了！晓得吗！小官说得很直接。

春光顿了一下。

侬这个名字叫谁涂成黑的啦！吓死人啦！

我自家涂的，给老太婆涂涂新，顺带便自家也涂了。春光仍是没啥表情。

这话又把人吓死。门口几个老太太眼珠都要爆出来了。

啥事体啊！这种可以随便涂的啊！死了么涂黑呀！

春光说，不搭界的，反正总归要死的。

他就径自走回家去了。

12

我在上海待了四年，大学毕业的时候，又灰溜溜地回来了。春光还是在自家楼下和租碟屋两头跑，逢年过节悄悄地回一趟上海，又悄悄地回来。

周日的上半天，我们仍会一道走去那个集市。它已经不叫二手市场，有个大大的牌子，上面写着跳蚤市场。做买卖的人也不是原来那些老头了，来了很多年轻人，他们卖手机，卖耳机和充电宝，也有些小姑娘卖衣服和首饰，把老头们的地盘都占去了。春光还是会走一圈，蹲下来看看，但很少和人搭话了。我想有些东西，他也许并不能看懂。

我们走完一圈，就去旁边新开的店铺叫两碗羊肉面，配一个冷盘，通常是羊肉冻，反正都是羊肉。春光说，老早在冷冻厂，天天跟肉打交道，吃倒吃不上，心里不是味道。

他说，手里过的是生肉，又不能生吃，到嘴的熟肉，只能去粮站配，配到的那一点点，哪里够吃呢。

春光就着羊肉冻吃羊肉面，他撒了很多小胡葱，蓝白底的瓷碗上面深红配大绿，好看得不得了。我也跟着撒了一点。

春光指指那边热闹的集市说，要过去看看吗。

我摇摇头。不去，没你们一帮老头子好白相。

春光难得地笑起来，仿佛是得到了肯定。可他嘴上却说，阿拉一帮老头子有啥好白相啦，半只脚踏进棺材里去了。

我不晓得怎么说。我看着他越来越淡的眉毛，心想人们叫它作长寿眉。

春光端着碗，走向马路对过修伞的流动摊去了。他的灯芯绒裤子底下换成了一双黑布鞋，衬衫领子从背面望过去，是看不见的。他动动那些伞柄、伞骨和其他的小零件，凑过去看，和修伞老头搭几句话，他找到新的兴趣点了。

回来路上，我们碰到了春光的冷冻厂老同事，几个人刚刚锻炼好，便一道走回去。翻过立交桥，看到老远有很多新造的房子，春光突然指着一栋小高层说，这搭，老早是毛纺厂吗？

几个老人点头，是，是。

他们全体停下来，指着眼前所能看到的每一栋高楼：

这里么，是永红丝厂，那边是新嘉丝厂。

喏，看呀，东门市场呢！再过去是白虎新村，饮马河水电站，畜牧站还要再过去点。

哎对的，对的，供销社的谁谁谁就住在那里。

他们看见的是高楼，嘴里说的却是以前的名字。好像我见到的，和他们眼里的完全不是一个世界。

我想起很多年前，走在四季园的时候，春光说的树和我看到的树不一样。

我说，哪里好看了。你眼睛发流火啦。

春光不辩解，也不骂我，他的面孔一年四季板着，大家都看习惯了。看久了，知道他不笑，话语中仍感受到一种略带坚硬的和善。

春光和老头们一边走，一边说着那些以前的地名，拼凑出一片一片的街区，一片一片连起来，就成了一副古老的地图。我问了一句，冷冻厂在哪。

春光不响。好像冷冻厂不在他的地图里一样。

13

上一个冬天，是春光作为木匠和修理工最忙的一个冬天。

天气预报讲，南方要迎来三十年最冷的冬天之后，春光每天都在自家楼下干活。他把木栅栏拆掉，一块块重新锯，重新装。他给每一棵树包好他从乡下讨来的大棚布，然后拿木板把每块布钉在地上，防止它们被吹走。那株山茶树，春光加摞了一圈薄木板，支撑着它们不倒下来。这件事情春光只在每年夏天台风来之前才会做，但他现在也开始防范西伯利亚来的风了。

他像赶作业一样，赶在寒潮之前为自己的小花园做好措施。

零下的日子终于来了。西北风从没有像这样凶猛地吹过，每个人都躲在家里不愿出门，春光不在楼下，也不在租碟屋。小花园有些东倒西歪，但看起来并无大碍。

几天之后，好多户人家的水管结冰了。大家携着脸盆脚桶，来来去去地从还没停水的人家里提水，从河里提水，像几十年前一样。再过几天，那些结住的水管、粪管开裂了。几户人家屋里开始漏水，床上、桌上、地板上，再漏进楼下人家的天花板上，一塌糊涂。维修队的电话打爆了，一家一家来不及走。春光帮同楼的一户人家暂且包住了水管，就有下一户人家来找他包。

那几天春光就不断地在自己的修理铺和别人家之间来来回回地赶。

过完那个天寒地冻的礼拜，很多人都叫骂着房子破，喊着要搬出去。可他们也只是喊喊，哪里有钱。梅雨来的时候，衣服被子都出白花了。台风来的时候，顶楼和阳台的遮阳棚又要被吹开了。这些都还要来，下一个寒潮也会来。

春光不喊，他的小花园也还是好好的，什么也没被吹走。只是在这个季节显得有些破败。春光心里面，只有四季园的那些树才是永远不会破败的。

天气渐渐回暖，温度低，每日都出大太阳。人们搬一只椅子，坐在没有风的太阳底下，聊天，骂娘，听半导体里明天的气象预报。春光却好几天都没有出来。有人说他回上海过年去了。

过完年，春光还是没有出来，小花园愈发衰败起来。

谁也不知道他是什么时候睡着的。我想春光是不怕冷的，从冷冻车间里杀猪过来的春光怎么会怕冷呢。春光只是累了。他的眉毛一定像上了霜一样，惨白惨白的。

春光的上海亲眷过来，匆匆办了事体。他们说着一口和春光一样的上海话，却很大声，带着无聊的、细碎的零头，一副和春光完全不同的语气。春光的话是多么严肃，多么简练啊。

还好春光提前涂好了自己的墓碑。黑黑的，很新很均匀。我想他心里早就知道了，他一向是个考虑周全的人。

这下他能和阿婆面对面了。

14

四季园的树还是很好看，即使秃头、驼背，任由西北风刮来刮去，它们也还是很直挺挺的，像建筑物一样伟岸。这么冷的天，不会有人在底下走来走去，抬起头看。

我走过租碟屋，大门紧紧地锁着。那一房间的宝贝，上海亲眷不要，其他人也不要。它们就被死死地困在里面，等着有一天拆迁大队过来，一锤子砸下去，几万种东西混个稀巴烂。

我想起那个暑假在租碟屋门口看过的电视剧，那些电视台一直放的，没有人借的，很土的国产电视剧。春光第一个嫌他们土。

春光讲，这种有啥好看的。

我不理他，等看完了我还要唱歌。

啥乱七八糟东西。人不人，鬼不鬼，腻腥。春光头也不抬。

我反复唱着那部电视剧里的歌。我故意盯着他，好像在操场上开大会的时候，司令台上的老师报到哪个同学的名字，我们全体就回过头去看他，把他看到不好意思为止。

好春光，不如梦一场，梦里青草香。

我把脑袋凑过去，死死地冲着他笑。春光终于忍不住了。板着的面孔上，忽然裂开了一条缝。

花花的故事

现在我想讲一个花花的故事。

在捉垃圾的人离开之前，花花一直过着稳定的生活，有工作，包吃住。

每天清晨和傍晚，捉垃圾的人都准时会拖着一辆垃圾车出来，后面跟着花花。他们清理着小区里每一幢单元楼前面的垃圾桶。捉垃圾的人工作的时候，会拿出一个巨大的黑袋袋，扶住侧弯的绿色垃圾桶，像扶着一个宿醉的人让他好好吐一场，等肠胃都吐了个空，再揪起黑袋袋，一把扔到垃圾车上去，然后去探望下一个宿醉的朋友。

花花总是站在他旁边，它喜欢从那些漏在地上的垃圾里找东西玩，但常常会被漏出来的脏水浇一身，或者被垃圾车里掉下来的东西砸脑袋。有时候下雨天，捉垃圾的人穿着一个褪色的黄雨披走在前面，花花没雨披，毛发被雨淋得湿嗒嗒，整个身体就没了形状，远远看过去好像车里掉出来的一块垃圾，跟在后面飘啊飘。不工作的时候，花花和捉垃圾的人就住在小区旁边靠河的一间违章小屋里，离另一栋小官的违章小屋很近。捉垃圾的人挑拣出一些有用的东西，大人鞋子、小孩玩具，洗干净放在白场上晒，花花也在白场上晒。路过的人都认识它。他们知道它的主人，知道它的职业，只是不知道它叫什么。

花花这个名字是老王给它取的。那时花花已经是一只流浪狗了。过年的时候，捉垃圾的人要回老家。他带着大包小包行李，好多是捡来的宝贝，站在路口和早起的老王告了别。

过年回来见！

可是过完年就再没回来。

花花独自住在违章小屋里过冬。直到新的捉垃圾的人搬来了，他们有夫妻两个人，还有小孩，就把花花赶走了。

花花虽然变成了流浪狗，却只在小区里流浪。每天早晚，花花还是会出没在各个垃圾桶附近，转一转，嗅一嗅，它很厉害，从不和新的捉垃圾人碰到，也不和小区的宠物狗打架。有些人嫌它脏，身上有跳蚤，有病菌，在路上看到花花，就大声喊自己的狗，那边别过去！

花花是个独行侠。没人知道它睡在哪，吃了什么，也没人关心。有时候别人家阳台上晒的鞋掉下来，它会咬着鞋到处跑。隔几天，人们会在那片白场上找到自己的鞋子、抹布、拖把头。

老王说花花是一只好狗。他说花花其实长得很好看，只是白毛上沾了一点黑黄，但不显得杂乱，种还是很高贵的。老王还说它通人性，他说在厨房烧菜的时候，好几次开抽油烟机，就看到花花在窗户下面玩，他一吹口哨，花花就窜来窜去。后来老王每天吃晚饭都会留一口，带下去放在垃圾桶旁边，过一会花花自己会来吃。老王自从生病以来，很多方面都不讲卫生，他不用碗，一捧饭菜全握在手里，一边下楼一边吹口哨，走到窗户下面，一门心思等花花来，花花吃饭的时候，老王就一直说，花花来，花花吃。

现在花花已经意识到自己原来叫花花了。有几次花花吃完，想跟着老王上楼，老王很凶地骂它，走走走。

我说，你这么喜欢，洗洗干净养了吧。

老王说不行，这个小区里除了我还有好几户人给它留吃的，花花就是要吃百家饭才饿不死，流浪狗给人养去反而不好过了。

现在老王还没开饭就会先抓一把拿到楼下，等花花过来吃了，他再上楼吃饭。有时候花花不来，他吃几口就走到窗户边瞧一眼，吹几声口哨，然后说，花花今天肯定在别人家那里吃饱了。

今天花花又没来吃晚饭。放在垃圾桶旁边的零碎食物已经没了。不知道是被别的野狗吃去了呢，还是被扫垃圾的人清理掉了，他最恨把剩饭剩菜倒在垃圾桶外面的人。老王站在垃圾桶旁边吹了几声口哨，又走到旁边几幢房子探望着，没有花花。

我说，那我们吃完饭去找花花吧。

老王说，不用找，你也找不到，花花很厉害，小区这么小，它藏得老好，你要找它的时候怎么也找不到，你不找的时候呢，喏，它自己又冒出来了。

那我们去散步吧。我只好换个说法。

今天的散步路线很扭曲，我知道老王想找到花花，他嘴上说找不到，却走了各个角落，还有那个给捉垃圾的人住的违章小屋。里面吊着一个小灯泡，发出昏黄的光，女人在灯光下面做晚饭。白场上摆着一些旧衣服鞋子和瓶瓶罐罐。我们在路上远远地看到几只花斑野狗，老王说，听叫声就知道不是。我们看到好多小区里的宠物狗跑来跑去，老王说，你看它们都是吃饱了力气没处使，跑来跑去不知道干吗。

晚上老王把自己关在房间里看电视。外面老有狗叫，没多久他又出门了。

你干吗？

我就这里走一走。

你也许觉得这根本不是一个故事，可是对老王来说是件大事。

百步一座桥

1

有一种老人，你问他年纪，他倒故作神秘反问你，猜猜看！你出于真心或是客套，说了一个比实际年龄小很多的数字，这时他会笑眯眯地伸出五根手指，错啦，再加上五！然后叉着腰，晃着脑袋，就等你说出那句，哟，看不出看不出，你真年轻啊！他再无比得意地笑起来。

这是所有长得后生的老人最享受的社交时刻，这样的问候，也成了一种礼仪。

另一种人呢，他们长得急了些，自知没有资格把双手插在胸前说一句，你猜。你也不敢轻易乱猜。但是当对方老老实实地报出年纪，你心里仍然一惊，还得压抑住这种出乎意料的失措，赶紧说些别的化解尴尬。

这样的老人总是很忌讳初次见面的问候。他们表面上毫不在意，心里多少是有点难过的。他们想，唉，要是我当年不生这个毛病，兴许还能年轻好几岁呢。一转身，背过手，猫着腰，独自走回家去了。

毫无疑问，百步桥这张老面孔属于后一种人。可是他却讲，庄稼人显老是一种骄傲，好比田垅边的大树，皮越糙枝越乱，越吃得住大风大雨，俗话讲，牢靠。

小区里的人头一次见到百步桥那天，他刚从百步桥搬进老人院。人家搭话，他讲，还小还小，七十不到。人们吓了一跳，这老皮老手，弓得老高的背，头发全白，怎么看都有个七十五。回过神来，又吓一跳，这人虽说显老，毕竟年纪还小，四肢又健全，怎么就来养老了呢。

说起来，六十几是个很尴尬的岁数，长得后生一点，站在五十几的队伍里，还能充一副没退休中年人的模样。长得急一点，向七十几靠拢，也仿佛老态龙钟，半只脚踏进棺材里去——总之，六十几岁是个很糊涂的概念，它在人们脑子里并没有一个固定的印象。如同老年人的作息，六点是早起，九点是懒觉，七八点多起床，就说不好算早算迟了。

百步桥就站在六十几岁的尾巴上，家里田地没了，房子卖了，他提着几罐酱菜，一袋种子，住进了小区里这个万事都慢一拍的老人院。

2

老人院位于小区正中间，两边围着配电房，马路对面是怪脚刀一手掌管的老年活动室，再过去是社区卫生院。这里原先是个幼儿园，后来学生太少，合并去别处了，此地就改建成一座养老院。来住的大多是附近几个小区的孤寡老人，偶尔也有些从远地方搬过来的。一个月几千块，包吃包住，只有保姆没有医护，条件算不上好，图个亲近，走进走出都是熟络面孔，彼此间有个照应。巧的是，有几个老头子小时候就住在一条街上，几十年间辗转拆迁，到老又做起了邻居，隔着阳台说说话，也是美事一桩。

养老院里的人大多腿脚不灵，活动范围极小。于是对面的老年活动室就被小区里游手好闲的中年人霸占去了，摇身变作棋牌室，整日乌烟瘴气，老年人敬而远之。大家只在院子里走走路，晒晒太阳，或者赖在室内看报纸看电视，少有动静，白天和夜里一样悄无声息。

百步桥来的那天，养老院里好像领导视察似的，人人都出来看热闹。只见这个穿全套蓝布工装的老头刚下车，立刻搬出一排大大小小的酱菜罐头来，一只扁担挑起两个包袱，往肩上一架，风风火火地朝屋里走去。

谁人啊！糊涂的老人趴在窗口大叫，以为不速之客闯入。还有几个干脆当作是社区里发酱菜了，主动下楼帮忙搬。劳动完才知道，原来这些全都是新邻居的私人财产。而他的家当真是少得可怜，几罐酱菜，两个包袱，其中一袋是衣服，一袋是种子，到此为止。

百步桥精瘦，看上去营养不良。可他百无禁忌，烟不离手，牙落了好几颗，笑起来嘴往下歪，像是河堤开了一个缺口。他满脸皱皮，常年戴一顶八角帽，帽檐往下一压，整张脸更皱了。有人说他老，他讲，我这个背么，是几十年在地里弓出来的。我这副面孔，是顶正宗的庄稼人面孔。百步桥，就是他种了一辈子庄稼的地方。那个地方在离小区一个多钟头车程的郊外。

放到三十年前，过了百步桥，往外就都是田了。百步桥村，晓得吗，我就住在这搭。听者纷纷点头。百步桥讲，种米，种豆，造果园，哎，老祖宗留下的田，现在都去造高速公路啦。

公路造好，百步桥就成了一个地图上找不到，只在老一代人口中流传的名字。好在养老院里的人辈分大，都晓得这个地方。他们讲，有数有数，一部脚踏车踏两个钟头，到百步桥底下摸野黄鳝去。大家找到了新邻居的出处，又吃了他的酱菜，再也不会拿他当坏人看了。

3

小区里每个人都有自己的诨号，好比一块行走的招牌，喊上去要响亮，问起来要好记，这样才打得开江湖世面。

有的人是乳名或排行，比如小官、阿大；有的人沿用绰号，三麻子、怪脚刀；有的同职业相关，比如送牛奶的赵光明和捉垃圾的捉垃圾。有的因为出处少见，就取地名，比如卖白斩鸡的小绍兴，开修车铺的小山东。总之要上口。百步桥本名叫张什么华。可是小区里老张实在太多，阿华又一大把，人们搞不清，索性百步桥、百步桥这样叫。小区里找不出第二个百步桥来，绝对喊不错人。

百步桥在养老院里东搭搭，西搭搭，没几天就和楼上楼下都搭熟了。他起得早，在院子里扫地，阿姨叫他回屋，他就去楼道里扫。拿报纸，拿牛奶，百步桥总是头一个冲过去。他气力大，单手可以提好几瓶，依次敲门发给其他人。报纸拿回来，百步桥是不看的，他讲自己一字不识识扁担，看见扁担就晓得是个“一”。那根土黄的“一”同晾衣叉并排靠在墙边，老人喊阿姨干什么重活，叫百步桥听见了，提着“一”就率先出现了。

阿姨讲，这哪里是来了个老人，完全就是添了个长工。百步桥大笑，长工好，长工好。以前只听姆妈讲起旧社会长工，自家倒是没做过呢。

百步桥看新闻最认真，一张凳，一只茶杯，看完还要和客厅里的人讨论。他话多，又尽是些陈腐的说辞，张嘴就是小日本和美帝。听到这些，几个专喜欢静落落看书报的人，就要摘下老花眼镜，皱着眉走回房间里去了。更要命的是，百步桥讲话声音特别大，一句话明明只说给一个人听，一开口，所有人都听到了。

人家就讲，百步桥，你是不是耳朵不好啊。喉咙邦邦响做啥。

他甩手，不是啊师傅。他喜欢叫人家师傅。我们老底子在田里面，落雨了，吃饭了，生产大队要开会了，都是喊惯的，不喊么，老老远隔着几亩地哪听得出啦。

一说起田里的事，百步桥停也停不下来。见人吃西瓜，他就讲，现在的瓜地，还有几个在挑大粪啊，统统是大棚一盖，撒农药催熟的呀！见人吃桃子，他又讲，水蜜桃啊，黄桃啊，什么好卖种什么，他们才不管时令呢！说得人难以下咽。刚捧起碗饭，他又要开口，现在大米都不香了，为啥，水污染呀。水不清爽，米就不清爽。

几个人听得不耐烦，就你们乡下顶清爽，好了吧！

百步桥讲，我们老早是吃得邋遢，做得菩萨。现在呢，晓得有猫腻，自家小菜全是另挖一亩地分开种的。鸡鸭也是放养，味道好。啊呀呀，新鲜鸭蛋剥开来，黄是黄的来……

乡下什么都好，那你还不回去，过来吃毒药做啥！

百步桥自知惹恼了对方，就不响了。哼着小山歌，往院子外头散步去了。

4

养老院里的人多半是要午睡的，百步桥不睡。吃过中饭，正是他精力顶旺盛的时候。他讲，争分夺秒呀，饭碗头一扔么，直接往田里厢冲过去了。这时养老院里静悄悄的，百步桥晓得自己讲话声音响，就到外面四处转转，边走边寻人说话。

百步桥走到小区门口的水果摊，一讲水果的坏话，就被老黄赶走了。他去闵珠杂货店旁边倚着，听母瓜子聊天，可是她们口中的家长里短，他半寸不接。他在老太婆的旧沙发上坐坐，受不住沉默的海洋。他去河边看人钓鱼，在草丛里逗野狗，到广场上锻炼体育器材，这些都用不着开口说话呀，多没劲道。

怪脚刀在路上看到他，就说，百步桥，进来看两副牌呀！百步桥摇摇手，往别处去了。大家觉得很奇怪，百步桥走来走去，小区里每个地方都到过，都说过话，单单是自家养老院对面的棋牌活动室从来不肯去。起先大家以为他不喜欢在里面打牌的人，实际上并非如此。打牌的人走出来，路上迎面碰到，百步桥照样一副笑脸同人讲话，他只是不进去而已。路过了，远远地看一眼，自顾自朝前走。

好在每到下午，总有几个农村老太骑着部三轮车过来卖自家种的菜。百步桥说她们的菜好，新鲜，就同她们坐在一起，帮忙吆喝，称斤两，空下来聊聊今年田里的收成。碰上长冬，早雪，庄稼人怎么办才能不蚀本呢。几个人就地开起了农业生产座谈会。

开到近五点，菜卖完，人走了，百步桥起身，好嘞，今朝的工分赚足了！背着两只手打道回府。他经过棋牌室，看上一眼，又往养老院的门口转进去了。

吃过晚饭，百步桥就不再出来了。小区里跳广场舞的，吃老酒的，乘凉的，散步的，他概不参与。所以很多年纪轻一点的上班族并不晓得小区里来了这么一个老头。年轻人的行程是老板规定的，百步桥的作息是太阳定下的。他讲，辛辛苦苦做了一天生活，太阳落了么，回去倒头就睡，谁还有气力出来白相啊。

夜里的养老院静落落的，和百步桥还没来的时候无差。他早早睡了，如果没有人半夜发毛病送医院，第二天他能稳稳地蝉联起床头一名。天微微亮，百步桥走到院子里，他喜欢对着露天水龙头刷牙洗脸，尤其是冬天，那样容易清醒。

百步桥走到门口，伸一个懒腰，像田埂上一只准时打鸣的公鸡。太阳出来，他要去买早饭了。

5

养老院里每天早上喝粥，百步桥不喝，血糖高的人吃多泡粥不好。百步桥的酱菜罐头从不蘸粥，都是中午晚上过饭吃的，有嚼劲。他讲自己以前，三碗米饭，夹两筷子酱黄瓜，实足能管上半天。到老了，一个人早上出门，偶尔点一碗小馄饨，半张煎饼，大多数日子里，百步桥还是喜欢便宜又顶饱的馒头花卷，边走边吃，算是一种早锻炼。可他实在是太早了，有时吃完回来，上班晚的人都还没出门呢。

百步桥就是在每天清晨的徒步路线中，意外发现了小区后面的那块野地。从广场穿出去，翻过一座桥，靠河两侧，南面盖了新楼，北面仍旧荒着。百步桥兜来兜去好几趟，反复侦察，确认没挖过地基，也不见建筑工队，他很放心，终于在某个上午拍板做主，挑起一根扁担走过去了。

草编帽，袖套，黑色胶鞋，百步桥从最靠河的那块地开始施工，打水方便。挖松，划区，撒种，冲水，再用手捂好，被推土机压过的泥地上，悄悄浮现出一小块一小块齐整的豆腐干。那几天工夫他当真是早出晚归的，中午回屋吃几口饭，匆匆又出门了。

百步桥下了地，就没空说话了。他一脸严肃，只顾闷头走路，引得一群老年朋友心里万分纳闷，这老头子究竟在搞什么名堂。没过几天，消息传开，百步桥去河对面开荒了！几个动作迅速的老太太闻风紧随其后。她们买了种子，全副武装，翻出家里那些不像样的铁制农具，声势浩大地往河边去了。

就在百步桥播种的地边上，人们飞快地瓜分了余下的领土。放眼望过去，小区里闲着的老人都出来轧闹猛了。有些下放过农村的，几十年后重扛锄头，兴致极高。不过有几位老太太到底不行，身板弱，手又生，在自家阳台上种点葱和辣椒还可以，下了地实在吃力，一桶水提上来就走不动了。太阳底下蹲着歇一会，再站起来，又犯头晕了。百步桥就走过去，扶好坐稳，进行教学指导，怎么弄，怎么弄。

他讲的并非方法，也非步骤，而是一些庄稼人的小窍门，怎么样提水省力，怎么样不伤腰。末了，他讲，大家随意弄弄，最近雨水好，总归会生出来的。

正是细雨回暖的几天，托百步桥吉言，地里很快就出芽了，老远望去，河对岸隐隐多了细细密密的绿色。此后的一年多，这里几乎成了小区的秘密生产基地。而关于这块荒地的开垦，百步桥可以算得上是伟大的哥伦布了。

6

出了芽，百步桥就笃定了，早晚往河边跑几趟，顺便指导一下左邻右舍。老太太们和他混得烂熟，常常约好了一道过去。她们晓得，有百步桥在，自己的菜地黄不了。其中不少人是听信了百步桥那句，菜场里卖的都有毒，顶放心还是自己种！于是原本站在河对岸看热闹的人，一时间都跟风下地了。种菜的，养鸡的，搭瓜架的，小区刮起一股南泥湾开荒的热潮。闲置多年的地产，眨眼变成了菜园子。

空下来，百步桥就跟人讲解农业时令，什么天会下雨，什么云刮什么风。人们听得起劲，百步桥高兴极了，他讲，想不着隔了这许多年，我阿华又搞起生产大队了啊！

大队长百步桥责任心生起来，地里面一草一木都要关心到底。瓜藤要一根一根撩起来挂好，不能挤，否则长出来碍了旁边的，彼此都结不出大的。无花果和枇杷树快要长果实的时候，得用细细的鱼网罩住，这样麻雀飞过来，嘴伸不进去。但是那网又不能太密，自己的手要能自如地伸进去。见好就摘，晚了落地，还没吃就烂了。豇豆、南瓜贴着地面长，要时常剥开叶子，晒晒太阳透口气，夜里再记得遮起来。小青菜、空心菜，生虫是正常的，不能乱喷药水。诸如此类的诀窍，不下地的人恐怕这辈子都想不出来。老太太们在地里聊天的时候，百步桥就蹲下来，一棵一棵看。农民干活不说话，分了心，就要错过那些藏在枝叶背后的熟果子了。

熟了的，百步桥就摘下来分给老太太们，叫大家尝尝鲜，也做个区分，怎样是好吃的，怎样是太熟的。老太太们出于敬意，一口一个阿华师傅，叫得亲热。因为阿华师傅那块高产地里种出来的丝瓜、长豆，随便大家去摘，谁人看见熟了，谁人做饭要加料，只要不妨碍旁边那些没熟的，自行去采就好了。

老太太们夸他大方。百步桥讲，我住养老院又不用烧菜的，大家吃点新鲜蛮好。再讲，这块地也不是我的呀，我怎么好做主。

多聊几句，百步桥就掏心挖肺。他讲，我们乡下人就是手痒，见不得闲田。时令不错，宝贝种子拿出来，给自己寻一点事情做做也好。

人家就问，阿华师傅，那你自家在百步桥的田呢。

哪里还有，百步桥摇头，卖掉啦，造路造路，全都拆光啦。

小区里的女人一听得拆迁，两眼闪着流光，啊呀呀，拆得几套房啊！百步桥死活不肯透露，都住到养老院来了，哪里还有房不房的。

老太太们个个心知肚明，拆迁征田，是现如今乡下独有的发家致富之道。征一亩地，能换好几套房子。农村的别墅一排排又高又大，全家几代就靠分房发财。她们拍脑袋，哎唷，怎么早没想到，百步桥是个正宗的农村拆迁户呢！一群人追在百步桥屁股后面逼问了好几天，总算漏出一句，三套三套。

这个百步桥有三套房！她们眼里的生产队长立刻从长工变成了大财主。

7

财主百步桥有两个儿子，两个孙子。家里没有财主婆。

百步桥二十岁讨老婆，四年得两男，第六年，老婆不知得什么病死了。他讲，那辰光生点毛病不放在心上，发寒热不退，请了赤脚医生没看好，就放伊独自在家躺着，自己下地干活去了。百步桥总以为女人休息几日会好起来，没想到从此撒手去了。撇下两个不会干活的小鬼。

百步桥家里穷，讨不起第二个老婆。他讲，要我卖了工分去讨老婆，万万舍不得，讨了也要给上代人骂死。可是人天天在田里，如何管得住两个，就忍痛把小儿子过继给隔壁村的亲眷了。

一个人扯屎把尿，大儿子领到十来岁，也能跟着下地了。百步桥想来想去，实在舍不得送出去的骨肉，苦苦哀求，又把小儿子讨回来了。从此百步桥一手领小孩，一手管几亩地，熬过了自己的青年时代。

照他的原话，那十几年好像叫忙死鬼扯着头皮一样，跑进跑出，恨不得闭起眼睛来。

大儿子老实，干农活，会持家。和百步桥一样，二十出头早早结了婚，成了家。小儿子活络一点，当过农民，跑过码头，做过小生意，约莫三十多岁，总算有了一家像样的服装加工厂。盖了房买了车，当起了小老板。百步桥因为过继的事，心里愧疚，一直待小儿子极好，小儿子也极孝顺。过年旅游，国内国外，都带上他一道去了。百步桥说，到东到西，都拖牢我这样一个死老头子，讲出来真难为情。

家里几亩地，百步桥是舍不得的。他讲，地本就是拿来种的，换几套房，这钱好比地上捡的，心里虚。两个儿子却是盼星星盼月亮盼来了拆迁，一下分到三套房。大儿子一套，实际上是给大孙子结婚用。小儿子虽然不缺钱，一套还是要给，剩一套自己留下养老。一家人苦哈哈半辈子，虽然没了地，终归是吃穿不愁了。

钞票多有啥好，钞票一多么，就不晓得怎么花了。百步桥总是来这样一句。

小儿子生意稳住，手脚越来越松。那几年，乡镇小老板满地跑，个个讲排场，比风光，地下赌场一夜盛行。老虎机，大小点，天价麻将，种种时兴，高利贷也跟着起来了。生意场上搭来搭去，小儿子横竖躲不过去。一只脚进去，再也拔不出来了。村里玩不够，还叫人带去南方玩。半年工夫，活活见他输掉厂子，输掉车子，最后要放贷的追到家门口要房产，老婆惊呆，隔天带着小孩回娘家去了。乡下这种事并不少见。

百步桥讲，什么叫变死，真真这就是了。要这许多钞票来，比草纸还不如，擦屁股都没伊用起来爽气。

百步桥嘴上骂，心里疼小儿子，偷偷卖了房，自己存款掏出来，叫伊重新去办厂。他讲，没啥要求，养老院这点钱勠忘记交就好了。大儿媳不高兴了，不就是小时候少管几岁么，这样偏心，从此养老的事再不想管了。百步桥不怨她。

我这辈子嘛，苦头吃足了，福也享过了。钞票这种事体，要想通，命里有就是有，老天要拿走，你也没办法。财主百步桥一大圈兜下来，田换房，房换钱，活到六十几的尾巴上，两手空空离开了百步桥。

8

这桩事体骗去了小区里多少老太太的眼泪，百步桥恐怕是想不到的。人们从他嘴里一字一句扒拉出来的发家史，你传我，我传他，他再传给全家，不知不觉，小区里迎面朝他送过去的眼神，都含着说不清的意思。

百步桥不管。他搬一只矮方凳，坐在养老院对过的马路口，地上铺开蛇皮袋，暗暗做起了小本生意。路过的人喊，百步桥，怎么还烧香烟！

他笑得尴尬，破罐子破摔啦。

百步桥田里去得少了。并不是怕言语。一是老太太们都出师了，再一个，高血糖变成糖尿病，百步桥不适合挑水下地了。这可是个富贵病，得养着。人们见到那扁担出来就喊，百步桥，回屋去！

可是百步桥并不能闲着。当初为了给小儿子省钱，百步桥挑了这个最便宜的养老院来住。每个月几千块，儿子负担得起。早饭香烟，勉强自己解决。现而平白多了一笔医药费，百步桥不声不响动起了脑筋。

百步桥想得出，又吃得起苦，什么季节流行什么，他就去批发什么。比如入了秋，他隔几天要回百步桥一趟，去那个做糕点出名的小镇上买苏式月饼，椒盐的，五仁的，红丝绿丝的，样式来几筒。回来摆个摊，不黑心，每筒多加一块钱，卖给小区里的老人。

他不吆喝，路边一坐，照常寻人说话。人家看到了，就围过去看看。一个人买回去，在路上碰到三五个熟人，总有一两个见了也要去买。半天下来，附近都晓得百步桥最近在卖月饼了。生意好的时候，二三十筒月饼当天卖空。隔几天他一早出门，又去进货了。

五六月份的蚕豆，七八月份的菱角，年头上的锅巴粢饭，百步桥看上去没头没脑，却总是能捕捉到行情。城里人喜欢吃但又不容易买到正宗的时鲜货，他嗅得出，也搞得到，这是他的本事。可是他自己讲，我阿华没啥本事，大字不识一个，顶大本事就是种田。

百步桥和其他小贩一样，免不了游击。好在他有养老院做避难码头。来人检查的时候就躲进里面，人走了，又大摇大摆往马路边一坐。坐久了，他也成了小区里一个聚众聊天的窝点。

除了发家史和田里的事，人们并不喜欢听百步桥唠叨些别的。讨论大事，他的说辞太老掉牙，谈及邻里琐碎，百步桥又总是反应不及。有人一时兴起问问他，百步桥，香港好吗，澳门好吗。百步桥皱眉，有啥好白相的，房子小，地又少，蹲在高楼里厢，望出去连片田都看不着，没意思。

人们就讲他，老头子眼睛花，耳朵聋，出去白相譬如浪费。于是大部分时候，人们自顾自地聊，他就坐着听一听，极少发言。偶尔几个好心的老太太来买东西的时候问一句，阿华师傅，自家身体好吗。小儿子生意好吗。

百步桥诚惶诚恐，好！好！万事都好，大家放心！他生怕对方听不清，拎起喉咙回答。

9

河边的生产基地种了一年宽，好几户勤快的人家都能自给自足了。百步桥的地渐渐都让给了别人。空下来，他走过去，站在边上望几眼也好的。他看着地里的菜啊，果啊，就歪着一张大嘴巴笑，漏出一个缺口。人家讲，百步桥看菜好比别人看家里的宝宝，越看越欢喜，越看越高兴。百步桥说，菜宝宝，菜宝宝嘛。他捧着刚摘下的小瓜，两只糙手摸来摸去。

百步桥的酱菜罐头，整日放在桌上，你吃吃，我吃吃。吃空了，洗干净往墙边一放。院子里大大小小的罐头一字排开，里面长满了小香葱。直到桌上没有了，老人们才大声感叹，啊呀呀，原来百步桥来了这许多日脚了啊！

这些日脚过去，百步桥也要从六十几岁的尾巴上一跃跳到七十去了。他终于步入了这个他看起来本该属于的年纪里。不过百步桥又老了许多，他的脸老起来太快，他的岁数总是来不及赶上去。尤其生了毛病以后，人更瘦了，气色大不如前。现在人们心里面，恐怕要猜他约莫八十了。

养老院里每个月都开寿星大会。同月生的老人，就挑一天集体庆祝。人家过八十大寿，百步桥过七十大寿，要戴寿星帽，别大红花，穿新衣服，还要吃蛋糕，唱生日歌，每个人表演节目。万事都安排好了，百步桥却不肯过。

他讲，我过农历的，要下个月呢。阿姨就讲，都安排好啦，一起过掉算了。百步桥偏偏不肯，他只信农历。没办法，只好把他从寿星名单上面划掉，重新做一份节目表。

隔一个月，阿姨又开始准备寿星大会了。百步桥却说，他不想过了。他讲，我们村里过几十大寿，要多少只寿桃，多少斤糖糕，几只蹄髈，几条鱼，样式齐全，很讲究的。他讲，过寿是过给地上菩萨看的，菩萨给的寿命，要感激他。吃吃蛋糕，只顾自己开心，菩萨就不开心了，这怎么行。

这样反反复复，阿姨心里面不情愿，还是遂了他的意。

祝寿会上，百步桥坐在底下，看八十多岁的老人唱戏吹笛子，他鼓掌起哄，开心极了。几个长得后生的，像模像样拿起话筒发言，看起来还没有百步桥老。最后一个九十岁的老太太，坐在轮椅里，叫她讲两句，她翻着白眼，唇齿不清，只顾回想自己小时候多少苦，年轻时多少苦，种种言语，把台上台下都听哭了，一个个掏出手帕来抹眼泪。

百步桥喉咙响，这时他讲，覅哭覅哭，我来给大家表演个节目。他上楼去，拿出那只很久没用的扁担，什么也没挑，扛在瘦得削平的肩上，弯出一只手扶住额头，跑到东，跑到西，眼珠子转来转去，挠挠老寿星的脸。又蹿到台下的人堆里，假装抡起扁担，大吼，妖怪！

臭猢狲！台下有人喊。大家都笑了，大厅里露出几百只闪闪发亮的假牙。百步桥这只七十岁的老猴精，迈着细长的脚杆，张嘴一笑，空空的，牙都落完了。

10

河对面有人来打地基了。人们无奈，管它熟不熟的先摘回家，剩下的，只能眼睁睁看着推土机全部压平。这个百步桥一手开发的生产基地，以后再也不会有了。菜园子本不能出现在城市里，这里应该是商业街、小高层或地下车库。售楼的讲，造好了，河边也会有绿化地，小花园，风景不错，居民们可以来散步。

散步，哪条马路不能走呢，可是放眼望出去，再也找不出第二块能劳作的地了。老太太开玩笑，百步桥，索性我们同你一起回家吧，种地去。百步桥讲，我们村也早就没地啦，造马路，盖别墅，要种么，只能在自家小院子里搞点试验田了。

一夜之间，老太太们又恢复了出门买菜的习惯。小区里大白天忽然热闹起来。无事可做，人们又分散在各个据点谈山海经了。

结果谈出一个大新闻，百步桥要回百步桥去了！人们往养老院对面涌去,百步桥,回来再带点酱菜啊。还有人叫百步桥多带点种子,想在家门口挖一片自留地。

百步桥摇手，去了就不回来啦。人们大吃一惊。一般来讲，养老院里的人，万事打点好，子女交代好，住进去，就等着以后叫人抬出来了。除非一种，生了大病要去住院的，不得不重新出去。

有人急了，就问，是不是出啥大事体啦。

百步桥摇手，他脚下的蛇皮袋里还在卖最近吃香的野菜，好多人问他买去包馄饨吃。他垂着两只手，笑眯眯的，不是不是，小儿子舍不得我，家里的事松了一口气么，就想叫我回去一道住了。

人们也松了一口气，好事体，好事体！小辰光老头子拿伊送出去又讨回来，现在轮到伊带老头子回屋里啦。百步桥，好福气啊！人们寻得原因，便四处散开去了。

百步桥走的那天很早，对面的棋牌室还没开，路上只有几个早起的老年人。他带上换洗衣服，坐上车，悄悄走了。

小区里最忙碌的上午，已经不见百步桥的身影了。河对面的高楼还没起，轰隆轰隆，打地桩的声响此起彼伏，人们埋怨极了。养老院显得更加安静，几个老太太揣着包袱找上门来，阿华师傅，阿华师傅，仰着头叫。

已经走啦。阿姨讲，喏，扁担都留给我了。

回去好，儿子孝顺，回到屋里厢总归比外头适意点。老太太讲。

这个百步桥，也是可怜，自家生毛病都不晓得，回去了，能过几天是几天吧。阿姨说完，转身进屋了。扁担靠在墙边，紧挨着大大小小的酱菜罐头，黄黄的，旧旧的。

这要是叫百步桥看到了，他肯定得意地讲，识得识得，一个一，一二三四五六个零，加起来是一百万，哈哈哈哈，发洋财了。

太阳照进来，百步桥的笑声响彻了整个院子。

阿明的故事

1

小区里夏天的垃圾桶是很可怕的。

尤其入了三伏，剩菜、果皮、汤锅底，连同没扎紧的塑料袋，经过一夜的发酵，天没亮就朝四周散发出一股恶臭。那气味该怎么形容呢，好比你乘上一部拥挤的公交，坐着的人汗味重，抓扶手的又有腋臭，其间夹杂着鸡蛋和葱香，过道上还时不时崩出几个闷屁。种种混合，叫人想吐，晕眩，窒息。那些窗门不巧正对着楼下垃圾桶的人家，自起床就搭上了这部倒霉的公交，刷牙闻，拉屎闻，吃早饭还得闻，有人受不了了，就从窗口探出头来大骂：捉垃圾的人呢！死掉了吗！

直到十来个去上班的人骑电瓶车经过，冲着垃圾桶发了一通无名火，捉垃圾的人才慢吞吞地走过来，身后拖着一辆锈到发绿的小车，后面再跟着一只毛发挡住眼睛的脏小狗——它的主人永远正在清扫你家前一栋楼的垃圾桶。

小区里每个单元楼门前都有垃圾桶，这样算下来，统共约莫一百只，再加上几栋楼合用的卫生房，这些传播恶臭的据点就像监控探头一样，密密麻麻地笼罩住小区的每个角落。

捉这个字是很形象的。捉垃圾的人每到一处，把垃圾倒进车里，再将之卧倒，拿出一只长长的火钳，一点点剔除黏在壁上的杂物。塑料袋很轻，风一吹就跑了，捉垃圾的人追过去，一只一只捡回来，实在飞太远就算了。纸板箱叠好，可乐瓶倒空，暗暗装进自己的蛇皮袋里。天气热的时候，垃圾桶里残留的馊水渗出来，酸味翻天，人们叫苦不迭。于是多了一部临时洒水车，捉完另须冲洗。

这几道工序说难不难，可总得一个一个来，自东向西，等捉到最后几栋楼，那几十户可怜的人家已经足足忍受了一上午，这时从灶间到客厅到阳台，臭味长驱直入，挥之不去。

有一天中午，捉垃圾的人捉到最后这栋楼，从垃圾桶里捉出了一个老人。她一头栽进去睡着了。拖出来的时候，浑身酸臭，汤水浸透头发，胸前揣着一块变形的橡胶板。人们翻过身来一看，呀，是住在最靠西边车棚里的阿明老太太。

2

有一种说法叫老来变。

人们这么说的时候，通常是指往不好的方向变。比如一个老头子，老婆死了十多年，临到八十突然另找年轻女人了。儿女就讲，死老头子老来变，不要面孔，踏进棺材前还想花一趟。

比如一个老头子被不争气的孙子骗得团团转，其他人半分遗产也得不到。几个亲眷就骂，上代头作孽啊，屋里厢出了一个变死鬼。

再如向来豁达的女人到老得了疑心病，总觉得家里有人要抢她的存折。老知识分子退休以后开始求神拜佛，竟然叫孙子吃庙里拿来的香灰。种种老来忽而换了性情，乃至于做出些叫人难以置信的怪事情来的，就算是人们所怨声载道的老来变了——因为这一切总是难以解释。

阿明老太太这些年的变法，小区里的人都看在眼里。他们讲，清清爽爽一个老太太，只见伊越变越腻腥，越活越没副人样子。

一般来说，喜欢翻垃圾桶的人有这么几种。一是流浪汉，饿了，渴了，去那里面碰碰运气。一是外地打工的，赤条条无家当，看到人家扔下的旧沙发，旧球鞋，还能用的，就去捡了来。像阿明这样的本地老太太，偶尔也有几个看到路边的瓶瓶罐罐会去捡，攒着卖点小钱，但绝没有见过像她这般发了痴、着了魔的。

3

阿明每天在垃圾桶里投入的时间比捉垃圾的人还要多。天黑了翻，隔一夜再翻，捉垃圾的人天不亮就上工，附近却早被她翻过一遍了。如果有什么能卖钱的物什，也统统都被掠走了。剩下的垃圾则被弄得满地都是，难以打扫，因此他恨极了阿明。有时老太太手脚慢了，两人恰好撞上，捉垃圾的人叫骂着挥起扫帚赶她，手重了直接推倒在地上。

老太婆，滚远点！捉垃圾的人喉咙响邦邦，好像要让大家都晓得他抓了个现形。抓多了，甚至连小狗也对阿明产生了敌意，老远就开始狂吠，一见到就穷追，把老太太吓得赶紧跑路。

最厌弃阿明的还是她的邻居，她身上的味道太重了。三十八度的中午，路上不见几个人，却见一排垃圾桶里有一只微微倾斜，便晓得阿明吃过饭又钻进去寻宝了。弓着背，不见头，只露出一个下半身和一只米袋子，两只手边翻边往里头塞东西。翻到底部，整个人几乎要沿着桶对折过去。钻久了，身上黏着一股酸臭味，路过的人都捏着鼻子躲开。脾气差的男人出来倒垃圾，碰到阿明在里面，翻一个白眼，索性直接把垃圾倒她身上去了。

碎布头、破玩具、易拉罐、塑料板，没有什么是阿明不要的，人们也不晓得老太太要这些来做什么。只见她七十好几的人，提着米袋上楼，倒空，再提下楼，一天跑进跑出好几趟，留下屋里面臭气熏天，自己仍蜗居在底楼的小车棚里。邻居敲门叫她清理，她勉强扔出去一些，可是那股腐烂的气味，恐怕是怎么也驱不走了。

人们想不通，一个老太太好好地拿着退休金，厢里厢邻的都认识，都要面孔，做点什么不好，偏偏要去钻臭翻天的垃圾桶。他们解释不清，只能讲，真真是变死啊，变死。

4

阿明并非低保户，也不算孤寡老人，是个正经出身的退休老工人。阿明老公原先是当城管的，某一个年末出去执勤，被发了狂的小贩一刀捅死，五十不到。从此阿明成了末等英雄的烈属，多拿一笔抚恤金，供到儿子阿新读完职高。

阿新运道好，一毕业顶了他老子的班，也勉强混了个城管的饭碗。他常常讲，出去扫荡有啥意思啦！风里来雨里去，收来的物什又不能藏到自家口袋里。我么，烧点香托托关系，明朝也要去坐办公室啦！可惜至今没能兑现。没几年，阿新讨了个老婆，婚房买不起，只能和老娘在六十平方的两居室里挤一挤，各作一间。年轻人上班下班，阿明在家做饭，万事太平。后来儿子又生了儿子，房子不够住了，老太太主动提出，自己搬到楼下车棚去。清扫一下，开个窗，搭个铺，老人家住着还算适意。阿明就白天在楼上烧饭，带小孩，吃过晚饭洗好碗，哄小孩睡着，自己再下楼去。一家四口盼着经济适用房摇到号，就分开来住。

其他老太太替阿明感到委屈，她们讲，自家房子不住，蹲到车棚里去，太苦啦。阿明摆摆手，不要紧的，等我们阿新房子弄好，我倒空落落一个人住了。只是这句话说了好几年也没实现。阿明就继续住在两三个平方的底楼车棚里。

好在阿明能干，再小的房子也收拾得整整齐齐。邻居过来看一眼，都说，灵光。行军床上毛毯蚊帐样式到位，小尺寸电视机盖好遮灰布，墙上贴着日历和照片，一张吃饭桌配两把椅子，周围不挤不空。几个小姐妹照例过来，坐在外面空地上谈山海经，讲讲笑笑，一切看起来如往常。

阿明同大家讲，底楼好呀，省得爬楼梯，好像还有点搬回老底子平房里的感觉。

毛纺厂的女职工退休以后，顶喜欢就是做点女红，发挥余热。大家聚到一起，彼此欣赏布料，讨论各式做法，讲讲看针脚怎样踏，线头怎样结。阿明车棚里就摆着这样一台老式洋机。看上去旧，保养得很好，阿明最宝贝它。不用的时候，一块方纱布盖得严严实实，掀开来，机器擦得精光锃亮。阿明手巧，她的布料总是最实惠，到店里剪点碎布头，洗洗晒晒，又能派上大用场。家里面床单枕巾，儿子的睡衣，孙子的尿布，自己的衣服，全靠这台缝纫机踏出来。多出来的，还可以扎几个拖把头。过冬的帽子手套呢，就买便宜毛线团来织，家里等于省了一大笔服装开销。

小孩长得快，一到换季，阿明就坐在车棚里加班加点，缝纫机轰隆隆地踏着。隔几天，楼上阳台又挂起了新的小袜子小短裤，比原先的长出一截。

5

拉扯了五六年，阿新迟迟坐不上办公室，干脆辞了职跟人去做小生意。买卖不成，房子还没着落，小孩又要读幼儿园。家里的费用越来越紧张了。阿明大概是这时候想出来捡废品的。

从阿明的车棚望过去，斜对面有一间卫生房。半夜里酒鬼们喝得木知木觉，瞄不准，就往阿明门前扔过去了。早上一推门，总有些酒瓶酒罐横七竖八地躺在地上。阿明就拿一只米袋，拣一些没碎的装起来。没多久，一只袋子竟然也能装满了。到了月末，酒瓶子拿到闵珠杂货店里去兑钱，余下的喊一辆收废品的三轮车来称一下，多少也能卖几个钱。

阿明似乎找到了好方法。阿明儿媳也觉得好，能赚一点是一点。于是白天空下来，阿明就在小区四周转转，在各个卫生房附近的角落里搜寻可乐瓶，顺便搜刮居民信箱里的小广告和废报纸。收废品的人跟阿明熟络了，就告诉她哪几个小区卫生不好，哪几条马路容易捡。阿明就走得更远，捡得更多。有时邮差前脚插进信箱的广告，后脚就被阿明收走了。有时顺手把人家忘拿的日报和水电信也收走了，恰好被看到，迎面一声斥，老太婆，做啥！

骂归骂，毕竟捡来的都是钱。车棚外面废纸一沓，米袋几只，叠得整整齐齐，都是阿明的宝贝。邻居见她天天在小区、在公园、在批发市场走来走去。甚至去菜场里买菜，也不忘提个袋子寻寻兜兜，几个好心的就上前关照她，阿明啊，不要太累了，自家身体要紧，钞票么，叫儿子儿媳去寻好了。

阿明笑笑，不要紧，跑来跑去么，就当锻炼身体，蛮好的。

人们渐渐在更多的地方看到阿明了，酷暑天有她，寒冬里也有她，邻居看不过，却也无奈，毕竟一家有一家的苦，不肯吃苦，全家人就要吃西北风去了。

6

阿明老太太跑得越远，回得越晚，阿新虽然不反对，心里总归觉得不好。一个是丢面子，走来走去大家都看到了，儿子叫亲娘出去捡破烂补贴家用，传开去叫人笑话。再一个是常常耽误了买菜做饭，小孩回来喊肚子饿，阿新就要发脾气了。

没人逼你去捡破烂，下趟覅去了，叫人家看不起。

屋里厢小孩看住，三顿饭管牢，就可以了，晓得吗？阿新讲话总是生碰碰的，不好回嘴。

老太太答应下来，背地里仍偷偷在做。一只布袋拎出去买菜，回来的时候，身上总要多驮一只米袋。从前人们打招呼，阿明，买菜回来啊。现在都改口了,阿明,进货回来啊。阿明不好意思地笑笑，闷头疾走，她急着把新进来的货物安顿好。像做贼似的，后窗外面塞一点，楼道底下藏一点，放在石凳底下的可乐瓶被小孩发现了当球踢，阿明追着他们一路讨，小鬼，谁叫你动的！

人们隐隐发觉，阿明回收的物什越来越杂了，能卖的，不能卖的，都往家里带。这句话是从收废品的三轮车那里传来的，他懊丧着脸，后悔和阿明太过熟络，以至于自己每次路过车棚都被她拉着拽着，你进来看看，进来看看呀。他讲，有些东西跟老太太讲过多少遍了，卖不掉，卖不掉，还是要去捡。他皱着眉，仿佛阿明已经成了他生意上的巨大困扰了。

人们摇头，暗地里说两句，当着阿新的面仍装作什么都不晓得。他们心里有数，阿新的脾气是很大的。

后来经济适用房总算拿到手，家里凑齐交了钞票，阿新夫妇便忙起装修来了。孙子的日常就托给阿明全承包。没几天，有人大着胆子跟阿新汇报，看到阿明带着孙子在工地上捡建筑废料，瓷砖啊，灯管啊什么的。气得阿新立刻赶回来，一看车棚里尽是乱七八糟的物什，阿明正堆着笑要给他展示用途，不想劈头盖脸得了一顿臭骂。

房子是我的，装潢也是我的事体，你不出钞票，就勠来出力，临死了反倒去吃人家嘴巴里吐出来的，十足坍台。

自家老年痴呆就算了，还带小孩去，真想得出来。

阿新的喉咙是很响的，正是晚饭边，八方邻居都听到了。他回楼，“砰”的一声关上门，从此再不准阿明单独带小孩出去了。

7

这顿臭骂到底算一记教训还是刺激，不大好说。总之叫老太太在小区里抬不起头来，走到哪背后都跟着啧啧啧的指点。人们和阿新一样，觉得阿明发迷了，捡破烂捡出毛病来了。

看到树丛里、墙角边、石凳底下塞了东西，人们就讲，你看看，阿明又在屯粮食了！

谁家丢了新鲜报纸，人们一口咬定，肯定是阿明拿走了！

阿明却自顾自地继续。她已经不满足于能卖钱的瓶瓶罐罐了。垃圾桶一只一只细摸细想地翻，大到金鱼缸，小到拖把头，什么都寻，什么都往家带。早饭和晚饭之间，她总是拖着米袋在外面游荡。有时糊里糊涂走到国道线了，或是乘错了公交车，搞到深更半夜再回来。

第二天人们瞥一眼，车棚门底又是一大堆旧货。阿明讲，不卖，不卖。她摆出脸盆和水壶，一样一样清洗，水不够了，就拎一只提桶去河边打。洗完再晾出来，像做展览似的，空地上放得扑扑满。

这只板凳蛮好的，擦擦清爽小孩可以坐。

这块布么，做窗帘绝对挺括。她朝着路人笑，向他们解释每样东西是哪里来的，可以做什么用。

人们不敢同她搭话，也不敢劝，胡乱答应一声，就匆匆走开去了。久了就干脆当作没看见，并不尴尬。收废品的三轮车总是绕开她门前，小姐妹们去裁布做衣服也不叫上这位老同事了。阿明的车棚周围冷冷清清，只剩她一个人坐在地上整理，洗晒，整理。

阿新夫妻俩早就不准阿明买菜做饭了，他们甚至不许她上楼来。儿媳觉得脏，怕细菌传给小孩。一家三口吃过饭，阿新再端一锅剩菜剩饭下楼，盛到老太太自己碗里，叫她独自蹲在车棚里吃。每日如此。有时阿明不在，阿新就把饭碗往地上一放，没多久，都叫小区里的狗吃光了。

有一天，阿明不知是卖出去一些旧货，还是新捡到了什么宝贝，一脸高兴。她揣着小布袋，专程去菜场买了半只酱鸭回来，小区门口的人说，哟，阿明，今朝开小灶啊！阿明笑道，孙子欢喜吃！

因为不许上楼，阿明就守在车棚门前等小孩放学。大手一招，宝宝过来，奶奶买了好东西！两个人就你一口我一口吃起来了。不巧被儿媳下班回来撞见，二话不说，夺过小孩手里的鸭腿就往草堆里扔。

她一巴掌打在小孩脸上，畜生，这么脏的物什好吃的啊，走！小孩反应不及，哭到蒙掉，生拖硬拽着上了楼。只留阿明坐在原地，她没有受到一句责骂，哪怕一个字都没有。

儿媳和邻居一样，无视她了。

8

房子装修好，阿新夫妻俩很快就带着小孩搬出去了。他们拿走了家具，留给阿明一间空房子。东西少了，连两居室都看起来很大很宽敞。可是阿明仍蜗居在小小的底楼车棚，从不上楼去睡。

这房子很快就变拥挤了。阿明住在楼下，楼上便成了她的货仓，捡了什么就一股脑往里塞。她不再整理了，也不清洗，她没工夫做这些，每天睡醒来就往外面跑，天黑了才回来。去了哪里，吃了什么，谁也不晓得。

有人打趣说，阿明现在连吃饭都在垃圾桶里解决啦。他们在路上撞见她，大声地喊，哟，阿明，进货去啊！还有人说，哎，阿明，上班去啊！

老太太浑身脏兮兮的，轻轻应一句，看东西，看看东西去。便不知道往哪去了。

大多数邻居是不理睬她的，他们早就过了那个可怜她的阶段。

他们把阿明当成一个拾荒者，一个流浪汉，一个变态的老人，一个有家等于无家的神经病，甚至连捉垃圾的人都不如。因为她不捉垃圾，她不知道在捉些什么。

上回阿明被送到医院的时候，面色铁青，肚子疼得炸裂。因为没有家属认领，第二天，阿明登上了民生新闻。原来她喝了一瓶在火车站捡来的饮料，食物中毒了。记者问她，她含糊不清地讲，见一个小孩生得可爱，冲她笑，就想送给他喝，安全起见，自己先喝一口，没想到立刻就头昏了。

阿明插着胃管，吊着盐水，但由于瓶子扔了，医生便查不出里面装了什么，是农药，还是洗洁精，只能勉强应对一下。镜头里，阿明恍恍惚惚地喊，难受啊，喉咙烧起来了啊。但她没眼泪，也不生气。

阿新帮姆妈办好出院手续，送回小区，二话不说就走了。车棚大门敞开，阿明就这样躺在行军床上，路过的人都晓得这桩新闻，却没人进去和她打招呼。偶尔有几只狗误窜进来，又被阿明挥手赶出去了。所幸她看上去问题不大,只是脸色不好,忽青忽紫的。入夜，阿明爬起来，静静地坐在床上，亮起一盏昏黄的灯，她上楼去拿点什么，又匆匆下来。

没过几天，体力恢复，阿明又提着米袋出门了。此后她的车棚经常好几天不亮灯。

人们说，阿明死在外头了。可是隔几天她又回来了。

9

这次阿明在高温天的垃圾桶里翻了太久，过闷，还是过臭，她终于也受不了了。但她没有再去医院。赤你娘！捉垃圾的人大骂一声，把阿明从里面拖出来。上班的人停下车，捏着鼻子上前来看，又立刻被臭味弹出去了。捉垃圾的人用脚踢，叫他的狗闻闻，阿明躺在地上一动不动。

有人说，快点打 120！叫救护车来！

有人说，打啥 120，打阿新电话，叫伊来收尸！

围过来的人越来越多，大家就这么远远地站着，看一具不知死活的躯体被苍蝇绕来绕去，身上的馊水正朝他们脚边悄悄渗去。

捉垃圾的人朝河边走去，再回来，朝阿明当头浇了一桶水。

隔一会，她醒了。

人没死，捉垃圾的人就去下一栋楼了，看热闹的邻居也走开了。他们害怕那股味道，阿明翻了太多垃圾桶，她自己也变成了一座行走的垃圾山。

触霉头，大清早碰到活死鬼！人们咒骂着绕开那只垃圾桶，绕开阿明刚才躺过的那块地方。可是小区里哪一只垃圾桶阿明没翻过呢，这附近的人谁能不经过她的车棚呢。阿明是绕不开的，凡有别人不要的东西的地方，阿明都到过，阿明都要。

可是阿明却没人要了。只剩垃圾桶要她，可回收的，不可回收的，都给她吃，给她睡，给她心里面想要的一切。这一夜阿明睡在绿色的垃圾桶里，她多么舒服啊，又是多么安详。

阿明站起来，身上拍两下，又走回车棚去了。她搬出那只精光锃亮的缝纫机，她开心极了，你看，这块布多少硬扎，做尿不湿再好不过啦。

阿明从胸前掏出那块发了霉的橡胶板，轻快地踏起来了。

鸡飞狗跳记

1

国娣的鸡叫居委会抓走的那天，她的宝贝孙子正巧住院了。国娣回来，手里抓着尼龙袋，里面隐隐露出一只保温瓶。还没走到小区门口，她就听到有人喊了，国娣，小鸡不好养啦，卫生大检查来啦。

那人并不讲国娣的鸡已经充公了，只是给了她一个暗示，语气里多有些幸灾乐祸的感情。鸡粪，这感情是由路边一垛一垛黏上脚底板的鸡粪堆积成的，也可能是自家不敢养鸡而眼红的。

总之此话一出，国娣就晓得不大好了。但她到底忍住了心里的焦急，只是步子上稍微加快了些，保温瓶在袋子里晃来晃去。路上又有人嚼着酸葡萄往外吐，国娣啊，慢点走，当心鸡汤泼出来。

国娣直奔自家楼下的小草皮，那地上原本种满了葱啊，香菜啊，辣椒啊，国娣仗着自家住一楼，就把外面的地皮统统占领了。她特意种得稀疏，一棵一棵隔得老远，为的是不让楼上其他人家再有发挥的余地。这下好了，居委会把地铲平了，谁也别想发挥了。好在这并非第一次，国娣扛得住。种了铲，铲了种，春风吹又生，容易得很。好像家里面藏着黑户口的，到人口普查那会先掐死几个，等过了风头再生过似的，并不吃亏。

国娣没心情管这块地，顶要紧的是那五只鸡。从小鸡仔养到半大，约莫有三个月了。今朝刚尝到放养鸡的鲜味道，万万不能浪费了余下的一点一滴。她嘴巴里咕咕咕地吆喝，胳膊挥起来，摆出撒米的手势，却不见哪一只朝她走过来。地上空荡荡的，居委会那几铲子下去，倒翻出好几条蚯蚓，大概是在国娣的眼皮子底下憋久了，正拼尽全力扭动着。角落里，剩菜叶和鸡粪还在。大马路上的鸡粪印子却不见了，清早杀的鸡血也没了，地上干净得不像话。

邻居不响，彼此间营造出一切正常的氛围。国娣也不响，她回楼把东西一放，隔手冲出来，往大门口的值班亭杀过去了。一路喊：

不得了了！居委会偷鸡了！

2

国娣这一叫，好像把时间给叫住了，路上的电瓶车和行人立刻停住，水果摊上的人也停下了摸来摸去的手。国娣就是专程叫给他们听的，围观群众越多，她吵起来越有底气。这一叫，大家都准备好看战争片了。

叫啥叫！迎面走来几个和国娣年纪相仿的女人，打扮也差不多，只是她们的衣服看上去再明艳一点，头发烫得再卷一点。国娣的头，过年烫完了弃之不管，就变得像她那几只鸡的屁股一样，乱蓬蓬的黄毛，一撮一撮朝四面八方涌开去。

你这个鸡，讲过多少趟了，小区里不好养，不好养，早点晚点要出事体。居中的烫头干部开口了。

我养几只鸡同谁搭界了！夜里狗叫个不停，狗屎乱拉，你们不管，倒有空管我几只鸡了！国娣绕着值班亭兜来兜去，半根鸡毛也没找到，她急了。

狗是狗，当然要管，你这个鸡，也要管！烫头也动了气，喉咙提得老高。卫生大检查一到，国娣的鸡就不是国娣的鸡了，是居委会的眼中钉，全小区的毒瘤。到时候，国娣的鸡在路边随便一屙，叫领导撞见了，眉头一皱，这屎等于直接屙在烫头的脸上。

双方吵了半天，国娣眼看硬不过，就讲，你还我鸡，我杀了放冰箱里去，下趟不养了。

商量再三，烫头同意了。但有言在先，这鸡绝不能活过下礼拜。因为检查是突击的，吃不准哪天就来了。

国娣讲，好好好，我沈国娣保证，只要有领导在，就没我的鸡，有我的鸡在……

就不可以再有你的鸡！晓得了吗！烫头下部打断她。

烫头的意思很明确了，一定要杜绝国娣的鸡和视察领导以任何形式进行会晤。

3

国娣跟着烫头走进居委会。只见健身房的乒乓桌底下死死围住几块宣传板报，上面写着一纸通知，几号到几号，早七点到晚七点间禁止遛狗。挪开，里面黑压压地关着五只鸡，一地鸡屎，羽毛零星。国娣像是找回了失散多年的亲儿子，一头钻进去，吓得儿子们四下乱窜，集体撞到了桌顶。国娣不会赶鸡，绑好绳子，一手一只，来去三趟总算都拎回去了。

回去了，国娣就不管了，鸡照例放养在楼下。人家问她，她讲，急啥，明朝再弄。

到明朝，几只鸡仍在楼下走来走去。前一天受了惊吓，鸡不敢乱跑，可一觉睡醒来忘记了，又大摇大摆去隔壁几栋散步了。附近的人就讲，国娣，你这个样子不行啊，小区评比要扣分了。

国娣翻了个白眼。她有数，谁吃饱了会关心卫生评比，他们不过是心痛自家的自留地统统被铲除了，单单她国娣的鸡还好端端养着，现在见到了，心里就不平衡了。

扣啥分。国娣直起喉咙，又尖又响，像朝空中甩过去一串连珠炮。不扣分么，比来的奖金喏，全归人家，你一分没有。得了荣誉红旗喏，也不插到你屋里厢。倒是鸡么，实打实吃在我小孙子肚皮里厢，长成紧实肉头。这种年份，放养鸡到哪里去买！真是戆。

又有人抱怨鸡粪，国娣放话，怪我做啥！我又没赖账，该交的卫生费一分没少过。要骂就骂居委会，清洁工作没做到位。这许多钞票，白出的啊！国娣骂起来像丢炸药包一样，吓得人家不敢再回嘴。

骂完，国娣弓着背往鸡食盆里倒剩菜。头上的烫发，外面一截黄，长出来的白，越看越像鸡屁股上的毛了。几个见不入眼的妇女就暗地里给她起绰号。她们讲，这个鸡屁股，顶难弄，全小区加起来都弄不过伊。

第三天，鸡屁股的鸡还在。第四天，还在。第五天，鸡没了。人们总以为是国娣处理掉了，转眼却发现她正满小区找她的鸡。咕咕咕，咕咕咕咕，找了好几圈，一只都没找回来。

国娣气煞了。她讲，一只没了，兴许是狗叼走的，侪没了，肯定是叫居委会又捉去了！

烫头干部一口否认。她讲，啥意思，我还给你，你自家看不住，还有面孔来问我讨。小区隐患没了，烫头心里大松一口气，讲话都镇定多了。

这趟国娣吃了哑巴亏。回去的路上，她边走边骂，肯定是伊做的好事体，还死不承认！邻居并不帮腔，国娣的鸡终于当了自留地的陪葬品，这下大家扯平了。

4

没过几天，有人在小黑的纸板箱里发现了一只鸡。叫国娣来看，她一口咬定，就是我的。

小黑是怪脚刀家的狗。不过国娣找上门去的时候，怪脚刀并不承认。他讲，我老早不养这只狗了。

从前怪脚刀养过两只小狗，黑毛的，都叫小黑。小区里的人起绰号，一只叫怪脚刀，另一只叫刀脚怪。实际上他们并不能分清谁是谁，连怪脚刀自己也分不清楚。直到有一天，其中一只穿马路的时候，叫汽车撞死了。从此小区里就只剩一只小黑了。怪脚刀为了讨吉利，认定撞死的那只叫刀脚怪。刀脚怪浑身是血，被人扔在垃圾桶上面，第二天，捉垃圾的人就把它捉走了。

一只死了，另一只也没人要了。怪脚刀的孙女不喜欢了，怪脚刀就不要了。他买了新的狗，品种高级一点，放在家里养。小黑就住在楼下，放一个纸板箱，垫几块破布头，叫它自己睡，自己玩，自己去讨饭吃。

小黑就讨起了百家饭。小区里很多人把剩菜放在垃圾桶旁边，附近的流浪狗过来吃，小黑也去抢一点。野狗就是这样，有一顿吃一顿，没得吃，就饿着。小黑抢不过，瘦得像非洲难民，身手却溜得吓人。它跑起来，好像一匹马在奔跑，它站着，也像是一匹马站着，脖颈颀长，脚杆笔挺，毛色油亮。徐爷爷说，小黑是投错胎了。

徐爷爷是喜欢它的。徐爷爷喜欢所有的野猫和野狗。来讨饭，都给一口，来喝水，都倒满盆。徐爷爷自家的来福，已经很老了，老得走不动，吃不下了。来福不吃的，小黑就走过来吃掉。小黑就是这样长大了。

小黑和野狗混久了，愈发显出野狗的脾性来，不讲规矩，不懂道理。夜里人们睡了，它疯叫着捉猫，踢酒瓶子，爬车棚门。白天见到脚踏车、电瓶车，它穷追不舍，时常划坏人家的车架子。可是喂过食的人，小黑是不凶的，它追着车，是为了送人家出门。小黑单单凶陌生人、陌生车，连警车也不放过，人们讲，这只死狗无法无天了。于是多少个投诉电话打到居委会去。烫头带人找上门，怪脚刀却说，他早就不管了，谁要处理，自己去抓。居委会能捉鸡，却捉不住跑起来像马一样快的小黑。上一次，居委会索性叫来了城管，围追堵截一下午，总算抓住，关进了城外的动物收容所。

没过三天，人们吓了一跳，怪脚刀家楼下的纸板箱里，怎么又睡了一只小黑狗。再一看，那不就是闯祸鬼小黑吗。这么远的路，它竟单枪匹马走回来了。人们一边怨，心里也暗暗觉得厉害。打电话去，那边说，大概是笼子太疏，狗太瘦，稍微钻一下，就逃出来了。

徐爷爷高兴地讲，老马识途，小黑到底是匹好马呀。

千辛万苦跟一只狗斗智斗勇，城管不情愿再来了。人们无奈，只好任由小黑继续住下来。好在它识相了不少，见路上人多，它就避得远远的。卫生大检查到了，它自动跑到小区外面，到饭点了再回。也有人说，小黑并没走远，它只是藏好了，躲在草丛里，下水管道里，不让领导看见罢了。唯独那夜里捉猫的恶习，怎么也改不掉。睡梦中若听到叮铃咣啷的声响，就晓得小黑又在和野猫打架了。第二天，总有人的门上、车上，多了几道抽象的划痕。

赤你娘的怪脚狗！倒霉的车主站在太阳底下，一边骂狗，一边骂人。

5

这次小黑划坏的是全小区都惹不起的国娣的鸡，这还得了。国娣找上门，要怪脚刀赔钱。偏偏怪脚刀也不是吃素的。烫头和国娣吵，是干部打不过兵，可打到了怪脚刀这里，国娣就要退伍了。

怪脚刀讲，早就讲过，这狗我不认得，你要抓就抓，要打就打，我没话讲。要赔，我就赔不到了。他撂下两句话，一个白眼，拔腿去棋牌室了。

国娣气煞。五只放养鸡啊，多少钱不算，多少心血啊，每天喂过吃的喂喝的，就盼着长大了给小孙子补身体。顶要紧的是，为了养这几只鸡，国娣受了小区里多少人的眼色啊。国娣晓得，那些想养鸡不敢养的，眼红她。那些觉得腻腥的，翻白眼。这下好了，宝贝鸡叫一只没人要的流氓狗咬死了，上哪论理去，谁会来帮腔呢。居委会得罪过了，脸皮尽撕，怎么好转身再去。

想来想去，国娣还是转身了。她觍着脸一诉苦，没想到烫头的态度竟也发生了巨变。烫头讲，国娣啊，照道理，你们两家的事，我是不应该管的。但是凭良心讲，这只狗实在是不作兴，上趟手软，放过，这趟不好让伊再好过了。伊好过，大家就不好过了，你讲是嘛。

烫头这番话如此正气凛然，哪里像是对付一只狗，好像要对付一个黑社会，一个臭流氓似的。国娣听下来，心里就有数了。国娣找烫头，烫头也正好借此作由头，把小区里这第二个隐患解决掉，这样一来，卫生大检查就万无一失了。

两个人各取所需，气氛便和顺起来。国娣一口一个阿姐感谢着，烫头推不掉，当场打电话过去，叫城管再来捉一次。

6

城管抓狗，和狗在夜里抓猫是一副场面。说穿了，就是一个逃，一个追，绝不能正面交锋。一交锋，弱方就要叫人看笑话了。

当天下午，城管的执法车就进来了。车门一开，跳下来两个男人，套着制服马夹。又跳下来两个男人，一身便服，举着大网兜罩。据说是动物收容所那边派来支援的，在乡下抓过好多狼狗，手脚老辣得很。

烫头凑上去讲，砖块要吗，棒头要吗。却叫城管批评了一通，啥意思，当我们是路上打狗卖肉的啊。烫头吃瘪，不响。国娣同烫头站在一排，仿佛也有了点干部派头，她想趁机跟城管反映狗吃鸡的事体，却叫烫头甩了个眼色，只好缩回去了。

有人跑去跟怪脚刀讲，打狗的又来啦。怪脚刀摸进一张牌，指腹一搭，隔手丢出去一只白皮，他摇头讲，白弄，捉不牢的。阿拉小黑别的不行，打游击这点本事我有数。人们听罢，继续在棋牌活动室里吞云吐雾，隔岸观火。

天气很好，人们的被子枕头都晒到白场上来了，阳台上也挂出了很多个脑袋。他们等着看，城管的面子，烫头的面子，还有国娣的哑巴亏，今朝到底收不收得回。

小黑吃过了，它躺在来福的地盘上打瞌睡。来福和徐爷爷也打瞌睡。太阳照过来，城管的影子越来越近。一个网兜甩过去，套牢半身，小黑却忽然蹿出去了。不晓得是假寐还是反应快，那动静把徐爷爷都吓醒了。

突击失败，只好打响拉锯战了。小黑一跑，把四下埋伏的男人都炸出来了，紧追其后。可是小黑多么溜啊。它在小区里待了快一年，这地盘太熟了，熟到闭着眼都能开路。它往草堆里一钻，朝车棚里一转，倏忽间不见了。有人发现树下撒尿的黑影，猛扑过去，一把抓住腿。只听后面老头大叫，眼睛戳瞎了啊，谁人的狗不看看清爽！才晓得是认错了。过一会，像变戏法似的，小黑又不知从哪里冒出来，人们从阳台上望下去，只见一个黑点在地上窜来窜去。它窜进敬老院，又逃向社区卫生院，长长的走廊上，小黑麻利地跑着，像一匹马，快得要飞起来了。

男人们牢牢追随，可是打游击太难了。白场上的被子，小黑从底下穿过去，人却要绕一圈。小黑钻进矮墙洞，人钻不过，只好守在出口等。一抬头，小黑又从棋牌室的楼梯口出来了。这一路，四个男人加几个红臂章义工，叫一只狗耍得团团转，踩坏了多少原本是自留地的草皮。太阳这么大，他们跑得棉毛衫都湿了，停下来喘气，喝口水。阳台上的人看乏了眼，纷纷关上了窗门。

男人们走出去，发现小黑就躲在门口的三轮车底下，转头看来看去。他们跳上车，干脆一路开过去，小黑吃了一惊，逃向小区外面。上了大马路，汽车就好追了。小黑腿脚再快，快不过汽车轮子。可是追得住，却怎么也抓不着，小黑的腿毛极短，精光滑溜，几次兜到一只脚，都叫它蹭掉了。城管急了，抄起一块大砖头丢过去，闷闷的一声，砸中了小黑的头。它慢下来了，转了个弯，一下跌入桥下的废弃工地。

那是一个城市的黑洞。人们散步，走到这一段，吃完的瓜子果皮都往下扔。起大风了，手没抓牢，扇子就吹落去。一眼望去，杂草密密的，高高的，深不见底。有人说流浪汉住在里面，有人说草底下都是赤链蛇。总之，什么东西落下去，就再也找不回了。

7

卫生大检查过去好几天，小区里的狗总算行动自由了。一个个兴奋得像出狱了似的，草丛里，树底下，拉屎撒尿，东倒西歪。狗一多，就要打架，几只小狗没命地逃。仔细一看，追过来的这只马一样的，莫不是怪脚刀家的闯祸狗！？人们惊呆了，这小黑，到底有几条命，竟然又活着回来了。

小黑回来的时候，它的纸板箱早叫人丢掉了。小黑在小区里无处立脚，转来转去，见狗就追，见人就叫，找不到自己的窝，它显得惊慌极了。

几天过去，人们都看得出，小黑和从前不大一样了。有时像死尸一样躺在马路上，车来了也不走，有时忽然神经错乱，对着空气叫个不停。叫不动了，又躺下来。怪脚刀的话，它不听了，徐爷爷的话也不听了。给它喂过饭的，它都不认了。连一起混的野狗也翻脸了，见面就打架，抓得头破血流，跑起来一瘸一拐。

有人说，小黑大概是戆掉了，叫砖头把脑子敲坏掉了。也有人说，上次逃得太累，受惊吓了，一时回不过神。

可是白天装死尸的力气，都留到夜里去发作了。从前那些坏毛病，小黑犯得更凶了。它一叫，野狗也跟着叫，吵得人难以睡觉。到早上，小黑睡在马路当中，睡在人家楼梯口，人们想踢它，又不敢上前，它身上的伤口太多了，流着脓血，秃着毛，头上不肿，反而扁下去了一块，配上瘦如枯柴的身形，看上去可怕极了，不像一只狗，倒像一个鬼。人们怕了，只好悄悄绕过去。

这下小黑真的成了小区里的黑社会臭流氓了。

人们等绕过去，进了车，或走远了，才敢大骂，畜生，真是碰上畜生！这样叫下去，夜里厢不要睡觉了！

徐爷爷却讲，人苦，狗也苦，一式一样的。人苦么，还能讲两句，狗苦又讲不出话，只好叫叫。不叫，伊就要死了。让伊去叫叫吧。

可是徐爷爷的话谁来听呢。旁边的老头老太耳朵都不好。没老的呢，在他们眼里，徐爷爷和来福，不过是一大一小两个老不死。讲不了几句，都要去死的。

8

国娣见小黑最怕，也最恨。小黑不单单吃了她的鸡，还看上她家楼下的草皮了，成天来睡。

大检查的风头一过，国娣准备重新养鸡，就在楼下放了一个水果箱，探探声势。早上一看，小黑竟然睡在里面。国娣气煞。但她晓得，疯狗惹不得。想来想去，纸板箱糟蹋了就算了，把箱子挪远，让它睡到别地去。可是到了晚上，小黑又把纸板箱叼回来，睡到国娣楼下。小黑这么一安家，国娣的鸡养不成了，新的自留地也开辟不了了。

国娣讲，要死了，怪脚狗专门同我作对。邻居听到，一声不响。

直到那天晚上，国娣的老公下夜班回来，小黑正在路上挺尸。刚打过架的它需要休息一会。国娣的老公按喇叭，小黑不动，再按，还是不动。他停下电瓶车，一脚把小黑踢到路边，继续朝前开了。黑漆漆的夜里，小黑哀号了一声，随即窜出来，追着他飞奔。那是小黑一生中最后一次像马一样奔跑了，它跑得那么快，跟得那么紧，一声接着一声，要把地都叫裂了，要把五脏六腑都叫出来了。国娣老公怎么也甩不掉，气急了，朝着肚子又是一脚。闷闷的一声，小黑飞出去了，接着“砰”的一声，它摔在马路中间，动静很大。小黑没有再叫，兴许是痛得叫不动了，它颤了几下，又颤了几下，就再也没有起来了。

那天夜里，小区里从来没有这样安静过，一只野猫也没有。小黑用完了它最后一条命。

国娣的老公后来讲，真真是滑稽，噶厉害的狗，关进去，自家逃得回来，桥上掉落去，还能爬出来，怎么一脚下去，反倒死掉了呢。

他的鞋上还有小黑的一点点血迹。

人家就讲，估计叫砖头砸坏掉啦，不大灵光啦。你看伊回来的样子，戆掉了。做出来的样样事体，等于是寻死。这样的狗，早点晚点要去死的。

第二天，徐爷爷起床了，他把小黑放到绿色的垃圾桶上面。小黑的身体很平，像一个叠好的黑色塑料袋。它的耳朵耷拉下来，是平的，它的眼睛没睁开，也是平的。它饿了很久，连肚子也是平的。捉垃圾的人走过来，随手一撸，把塑料袋和垃圾一道捉走了。

地上的血迹，在等待一场不用太大的雨。

9

卫生评比的结果出来了，荣誉红旗拿到了。小区门口的遛狗告示转眼换成了红纸喜讯。

烫头说，谢谢大家配合，红旗里有每一位居民的功劳。

国娣在旁边嘀咕，有功劳么，倒也借我挂几天呀。她的意思是，你烫头的红旗，要不是我亏掉五只鸡，会拿得到吗。

可是问起来，人们并不晓得领导是什么时候来视察的。一个人来，还是几个人来。烫头也不知道。在楼下晒太阳的老人每天都有，谁也没见到哪天有长得像领导的人走过来呀。

怪脚刀笑嘻嘻地插嘴，难不成是半夜里过来的？老实讲，蹲在谁屋里厢了？人们听了这话，笑得好起劲，几个女人拍着手，眼泪都要笑出来了。

地上又开始脏起来了。原来就算没有鸡粪，地上也可以脏成这样。养狗的人不捡狗屎了。他们讲，都是肥料呀，烂在地里，草长得快。又讲，谁踩到谁走大运，好事体呀。吃不完的剩菜剩饭，人们还是倒在垃圾桶旁边，给狗吃，给猫吃。猫狗不吃，隔夜就出苍蝇了。

野狗到了夜里还是叫，野狗和野猫打架，不知什么道理，总也是改不了的。

国娣的自留地又开始种起来，养鸡也在计划中了。她讲，现在不能养，小苗都叫鸡踩烂了，等种好了，我再搭个棚养。谁知自家的鸡不踩，别人家的狗才不管，冲过来就是一顿乱糟蹋。国娣叉着腰大骂，谁家的畜生啊，死人不生眼睛啊。周遭没人回应，狗撒泡尿，甩甩屁股走了。

那一天早晨，国娣下楼，自留地被踩得一塌糊涂。国娣气到昏头了，一串电光炮骂出去，哪个赤佬屋里厢养的赤佬狗！

一转头，却发现不远处站了八只鸡，有公的，有母的，毛色鲜艳，看起来精神极了。

国娣尖叫了一声，啊哟，不得了了！

她冲回楼上，对小孙子喊，宝宝，宝宝，你看谁回来啦！

国娣带着孙子下楼的时候，熟悉的鸡粪味已经飘到半空了。那只最大的公鸡尾巴一开，艳极了。国娣脸上笑出了一层一层褶子，她讲，宝宝，宝宝，快看这只鸡屁股漂亮吗！

小孙子却被突如其来的公鸡吓得大哭起来了。

阿祥早点铺

1

这年头，寻一间本地人做的早点铺子越来越困难了。

本地人吃不起苦，六点钟起来吃早茶是情愿的，三点钟揉面粉、烫油锅却万万做不到。得了一间沿街口的店面，开个文印店、杂货店，朝九晚五，吹吹风扇，有什么不好，谁会这样想不开，跑去做一间热气腾腾的点心铺子。何况房租贵，赚头少，低打不过流动摊头，高又不如连锁早餐店，不搞游击的个体户，路子实在不大好走。

阿祥老夫妻俩偏偏要走，一走就二十年。

从小区出来，翻过一东一南两爿桥，约莫走上十分钟宽，丁家桥和秀水街的口子上，挂着一个红底白字的招牌：阝丁羊早占。底下一块小黑板，几列竖排小字：大饼油条鲜豆浆，菜包肉包豆沙包，糯米烧卖油墩子，另附手写一行，茶叶蛋。店内各式一块，客人好找。

丁家桥并非一座桥，路名罢了，其间纵横盘绕着天后弄、救火弄和彩虹街。从前住着交关人家。如今能搬的都已搬走，阿祥的黄金年代一去不返，附近光剩下一间邮局，一间天主教堂和一家医院，来来往往勉强撑起生意。阿祥面朝的秀水街倒是素来热闹，除了它同隔壁的团结浴室，周围全是广告文印店。纸的，布的，亮小灯泡的，老远望过去，两边挂满俗气的招牌。只有阿祥是旧的。“阿”里掉了个“口”，“祥”变成了“羊”，“早点”的“桌”是个老法字，红底子褪了色。问他，他讲，破点好，破点人家才信得过我是老店面。

阿祥这样讲自有他的道理。

2

一条街上摆早饭摊，好比嘴里镶一粒金牙，做出了名堂，门面再破也不怕人错过。城里那么多同行，活得下去的谁没点名堂，有人做味道，有人做便宜，阿祥做的是三个字，本地人。

人家讲，本地人做本地生意，老婆小孩，祖宗家当都在，不敢不要面孔，什么地沟油啊，臭猪肉啊，铝油条啊，伊做不出这种伤天害理的事。要真做了，也不怕不能寻上门去。兴许是个自古的偏见，可人们就是吃这套。他们讲，阿祥做的早点，清爽，大家信得过。这个清爽，就是干净、卫生的意思。

单凭这一点，阿祥手上的生意不声不响做起来了。一九九五年，夫妻俩集体下岗，一个是钢铁厂轧钢车间的工人，不怕热，正好下油锅。一个是丝织厂立织车间的女工，站惯了，也倒得了三班，能早起。于是两个人穿着从高温车间里带出来的老卡其布做的围裙，吸热，防烫，摆起了样式齐全的早饭摊。

最初也是游击选手，一部三轮板车，一柄遮阳伞，天蒙蒙亮，环卫工人还没就位，阿祥夫妇已经赶到街口了。相邻们出来倒痰盂，刷马桶，腾不出手，就叫小孩身上提一只塑料篮筐，垫一张纸，走过去排队买几根油条、几只包子。菜的肉的，各式五毛，省得找零，大家自行扔到铁皮饼干筒里。阿祥是出了名的待小孩好，一双细长筷子伸过去，炸碎的面粉渣渣就往小嘴巴里送。阿祥老婆不说话，只顾忙着开蒸笼，关蒸笼，从五点一直做到十点。不到一年，生意稳住，方圆几条马路全是阿祥的市面。恰碰上隔壁浴室改建，空出一个浅浅的开水房，阿祥咬咬牙租下来，办了证，糊了墙，装了木板门面，从此在秀水街上落定了脚。

3

老话说一个萝卜一个坑，各人各去处，吃早饭和扔垃圾一样，是讲究分类的，不能胡来。店家也看准了这一点，各饲其主，相互规避。譬如小学生喜欢摊鸡蛋饼，多加甜面酱，边走边吃。骑车上班的带一包豆浆和粢饭团，不怕凉，到单位再吃。有人专喜油腻，南瓜饼、油翻酥，上面还要沾满白砂糖。有人重滋味，清真牛肉煎饺配牛杂汤，原汤化原食。做苦工的，比如开长途客车，搬水送货，得打一碗光面浇荷包蛋或十五只大馄饨，填饱肚子才够撑起半天的气力。唯有空消消的白相人，不赶时间，坐下来叫上一客小笼包、鲜肉笋尖烧麦，蘸点醋，配紫菜蛋皮汤，喝喝茶，讲讲话，半天就过去了。当然，很多人都喜欢另加一只茶叶蛋，吃完主食，剥一个吞下去，好像压进最后一只秤砣，身体里气就充足了。

阿祥茶叶蛋就是秀水街上顶有分量的这只秤砣。靠外煤球炉上面一口汤锅，壁上满是黑黄的茶渍，付了钱的自己揭尼龙袋，夹一只淋着汤水的蛋放进去。轻轻捏一下，蛋壳沿着裂纹碎开，露出鸡血石，闻起来是茶叶香,吃上去又是咸滋滋,混着点八角茴香味。闷闷的一下，吞下去半个蛋黄。再闷一下，整只解决了。人们出门上班，早锻炼回来，还是去医院经过，就算家里吃过早饭，也要扔个五毛，再来一只。在阿祥早点的黄金年代,茶叶蛋扮演了这样一个叫得响的大明星角色。

4

在阿祥早点的黄金年代，我扮演了一个叫不响的赖账小学生角色。那时住在天后弄奶奶家，最盼望家里没有隔夜饭，早晨不用喝粥，留一只空肚皮去学校后门买鸡蛋饼吃。如果喝过了粥，只能去阿祥店里讨一只茶叶蛋。奶奶问，粥吃不饱？我说，粥是粥肚皮，蛋有蛋肚皮，不搭界的。奶奶就规定只许买一只，吃多要闷的。有时她没给钱，我老着一张面皮去跟阿祥赊账：大伯伯，明朝叫大人给。拖过几个明朝，就养成了每天路过顺一只的习惯。只要响亮地喊一声，大伯伯！阿祥朝你笑一下，你就可以往汤锅里夹了。阿祥生得干瘪瘦长，人们管这种体格叫作“薄皮棺材”，老远望过去，就是骨头外面包层皮，不长肉的。薄皮棺材伸出一只薄皮手指，油腻腻的，朝你鼻子上刮两下，他讲，慢慢吃！当心看路！

我有时路上吃，有时藏在书包里，课间吃。冷了，香气还是充满教室。

终于还是给奶奶发现了，对门相邻嘴碎讲给她听。回来臭骂一顿，家里亏待你吗，出去赖账，不得了了！她叫我算，一共吃过阿祥几个茶叶蛋，我算不清，胡乱说了三十个，她气坏。不晓得后来她还出去多少钱，反正零花钱没收，还跟阿祥讲好，再不许给我吃。

我馋，走过去说，阿祥大伯伯，给我喝口汤好吗。

他笑，蛋都这么咸，汤水怎么好喝啦，小戆戆。

那你汤水里放了什么东西，这么香。

他讲，小朋友欢喜闻什么香气我就放什么。

我老实回答他，我顶喜欢汽油味道和香烟味道。

阿祥笑死，他一有闲工夫就烧根香烟，门口水泥地板的缝缝里全是那只薄皮手指弹下来的烟灰，他讲，大伯伯就是靠这点香烟灰吊吊鲜头，记牢了吗。

我当即感到自己得了一个惊天大秘密，吓跑了。

再路过，手里会不知不觉被塞进一个茶叶蛋，一抬头，阿祥朝我挤挤眼。

后来我有一只专门装香烟灰的铝罐头，放在台灯旁边，里面装了爷爷的，奶奶的，自己的，夜里写累了闻一闻，好像闷进去一只茶叶蛋，浓香，鲜了，饱了。兴许这罐头也盼着去我的黄金年代，扮演一个阿祥的角色。

5

阿祥待小孩这样好，我不晓得是什么道理。大人们说，阿祥那个岁数，慢一点当爹，动作快一点都能当上祖父了。可是走进走出，见过各式各样的邻居小孩围着早点摊说话，从没听说哪个是他自己的小孩。人们说早饭生意一般不做，就是因为起早摸黑完全顾不上自家事。阿祥夫妻俩风里来雨里去，年头上都一天不落，必定牺牲了管小孩的时间。也有人道听途说阿祥老婆生不出小孩。不过阿祥毕竟不是这片街区的住民，他的事体大家不大清楚。

后来有人问起，才知道阿祥有个女儿。阿祥说，到外地去啦。

人们竖起大拇指，有出息啊，去上海读书吗。

阿祥摇摇头，老老远的。

哟哟，北京去啦。

阿祥摆摆手。

再问更多，阿祥就不说了。

越是不说，人们越是觉得厉害，心里羡慕。以后排队等油条出锅的时候，大人就会拍拍小孩肩膀讲，要向阿祥大伯伯家的姊姊学习，好好读书，晓得吗。他们对小学生这样说，对中学生也说。好像这个姊姊成了秀水街上一个无形的榜样。

阿祥不响。阿祥老婆眉目慈蔼，她总是说，覅这样讲，留在家里，陪大人身边，也蛮好呀。不过她的话就像她的火柴杆身段一样，轻飘飘的，没分量，讲出来没几个人听，更没人应和。她就笑着低头继续捏手上的面团去。

6

秀水街上见过榜样的人有多么少，恐怕十根手指头数得过来。再去掉那些痴呆的、过世的，现在恐怕连一只手都不到了。

那是在二〇〇〇年大年初一。我为什么记得这么清楚呢，二〇〇〇年是奶奶走的头一年，一月底走，二月头上就过年了。相邻见到我家的人，都会惋惜地说一句，哎，可怜，撑过千禧年，撑不过年三十。

从前年头上不时兴旅游，人们不是去上海走亲戚，就是去乡下走亲戚，少数留在家里的，想得开，就去吃一客小笼包、烧麦，想不开，热点隔年饭的剩菜，极少人会出去买早饭。再说了，做早饭生意的大多是外地人，过年回家去了。他们贴张告示，正月十五以后营业。我家恰逢奶奶做七，哪也没走，大人很忙，一个不太熟的姑妈带我出去买早点。

我走出去，看到阿祥夫妇照旧开店。

一块钱一副大饼油条，阿祥又多递给我一张大饼。我骗他讲，不要不要，家里吃过糖粥了。以前奶奶不准我拿茶叶蛋的时候总是这样跟他推托。姑妈笑我，小神经，大年初一谁家喝粥啊。阿祥还是给我，他讲，来年要考一百分，晓得吗。那时街上人很少，我们走过拐角，我并不知道，迎面走来的是阿祥的女儿。

海华啊……来了啊……

阿祥老婆叫她海华。那一声轻轻的，颤颤的，带着点哭腔。海华生得很高很壮，皮肤黑黑的，一个大辫子，同薄皮棺材和火柴杆都不像。她背一只很大的书包，看上去不像刚从家里过来。姑妈扯着我停下来，牢牢盯住海华。小姑娘看样子昨日肯定没吃年夜饭，她讲。

阿祥老婆要脱围裙走出去，被阿祥拦住。他口气很严肃，海华，你想好了，回来，房子有，钞票有，只要是爸爸姆妈的，明朝全是你的。跟伊走，从此就不是一家人了。

海华跪在地上哭。不远处站着一个寸头小伙。路过的几个相邻不约停下来看，来来去去几十年，他们有着和姑妈一样敏锐的感觉。

我不敏锐。直到姑妈回家对人讲几遍，我才反应过来，原来海华不在家，不是到外地念书，而是和刚从“庙里”出来的小青年好上了。庙里出光头，这是监狱的一种隐晦说法。那时候，吃过牢饭的人相当于社会上的废人，没单位收，爹娘也不认的。海华要和他好，等于自毁前程，叫阿祥也面上无光。单凭这一幕，人们无从晓得海华跟寸头是怎么认识，怎么好上的。大家只猜得出，海华跟爹妈闹了很久，这次回来，是要同寸头结婚，想叫阿祥夫妇同意。

阿祥老婆看起来心软，好过关，唯独阿祥难说话。他几度抄起扫帚要冲出去打寸头，被海华死死拦住。她讲，爸爸先弄死我好了！海华铁了心要嫁，阿祥扔了扫帚，也坚决不松口。他反复讲这一句，你要走，就从此拗断。他侧着身，吐烟圈，弹烟灰，说话时头也不回。僵持起来，阿祥老婆看不下去，跪在地上哭号，扯着阿祥身上的卡其布围裙，劝他不要这样讲话，伤感情。

啥感情，你问问海华，对家里有一点点感情吗。

这天很冷，阿祥门口生意冷淡，却围起若干路人。秀水街上无人认识海华，他们边看边填充事情的来龙去脉，小声传达自己的见解。姑妈讲，小姑娘胆子这样大，爹娘估计拦不住了。旁边的人讲，阿祥一副狗脾气上来，话讲到这分田地，不大好收回啦。他们观人博弈，心里都在猜谁先软下来。

过了好久，海华靠膝盖挪过去，爸爸，真的不可以吗。

阿祥不响。海华放下书包，朝阿祥夫妇磕了几个头。阿祥老婆“哇”的一声，眼泪鼻涕哗啦啦落下来。海华讲，五岁进来，廿岁出去，谢谢爸爸姆妈拿我领大。我海华这辈子就姓李，爸爸姆妈就当没养过海华，就当我死掉，我心里有爸爸姆妈。

人们吓了一跳。原来海华不是嫡亲女儿。谁也没想到会来这样一出戏，纷纷看呆了眼。姑妈朝自己大腿狠狠拍了一下，要死，十五年白养啦，就这样送给别人家啦。有人等回过神来，再讲，亏得是领养，真有血缘关系，哪舍得说断就断呢。

那天的戏看到海华同寸头离去那一幕，边上十来个人就散开了。阿祥闷头烧香烟，阿祥老婆瘫坐在椅子上，谁也没敢前去多话。但他们和姑妈一样，带着合不拢的嘴巴，回去仔细朝四下说了一圈，最终让所有过完年回来的相邻都知道了。

阿祥的老熟人里，兴许只有奶奶不知道。这样挺好，从前街坊讲闲话的时候，好事坏事，头一个落眼泪的总是她。

7

自那以后，阿祥的黄金早饭摊就变味了。不是做得不对，而是人们尝出来的味道不一样了。他们不再无所顾忌地排队聊天，小心跳过小孩的话题。他们装作没听过这回事，背地里却持续谈论着。那个春天，秀水街上的榜样成了人们心照不宣的一个禁忌。阿祥的脸常常阴沉沉的，阿祥老婆的脸是白白的，好像看到他们，人们就会联想起他们见过或是没见过的那个海华。海华成了一个幽灵，在秀水街上游来游去。

这故事后来按各人立场的不同，被演说出了许多版本。总体来讲，它被描述成一场父女之间的拉锯战。海华以哀求形式将父亲一军，却被父亲以威胁形式反将一军，硬碰硬，最终必定两败俱伤。添油加醋多是在细节上面，怪领养来的小孩没孝心的，就说海华之前骗去了家里不少钱。怪阿祥一根筋的，说海华伸手去油锅他也不肯答应。心疼阿祥老婆的，讲她每天关了店就四处打听海华的下落。听闲话的人就追问，海华到底去哪了呢？有人说海华去上海了，也有说去南方做生意了，还有人说寸头把海华骗去内地卖淫了。谁也不晓得哪个真哪个假，毕竟亲眼见过海华的，也不过就那十来号人，记得清长相的又有几个呢？

这桩事传到东传到西，人们讲下来最统一的，还是那两句总结的道理：领养来的小孩总归没有亲生的感情好。

还有一句是，小孩都跑了，钞票要赚来留给谁啊。

但阿祥早点照旧一天不落地开门关门。

8

海华的出走兴许是一记喊声，一种预兆。阿祥早点刚做过二〇〇〇年，眼见就走起了下坡路——地图一画，红字一圈，丁家桥周围要拆了。

拆迁是早有耳闻的，实际操作起来却非常缓慢，好像一个三伏天的午后，只听得疯狂打雷，偏偏不见落雨。古话说藏在灶头间死角的老鼠最难弄，这里毕竟牵涉到存活在城市死角的几千户人家，刮台风，发大水，停水停电，什么活不过去，要安顿他们实在太吃力。这雨落虽不落，可是老鼠们心里有数，一旦落下来，横竖是躲不过了。

大雨来的一阵一阵，二〇〇一年火速迁走一条弄堂，四周冷清了不少，二〇〇三年又迁走一条，此后便停滞了。人们看到拆迁的地皮并没有马上新建，就不那么情愿匆匆搬走了。想等拆迁费高一点，再高一点，这一拖就是五六年。再拆的时候，拉水拉电，无计可施，只能签下合同，搬家走人。房子仍是半毁不毁地晾着，搬不走的家具、灶台仍在里面。一些原本住在附近桥洞底下的外地人趁着没人管偷偷溜进来，支了帐篷，拉了电线，重新做起了人家。走在半是废墟半是杂草的弄堂里，就像踩地雷似的，料不到哪间是空的，哪间还在住人。

阿祥没受到牵连。早点铺是面朝秀水街的，在四方形的口子上，刚巧没被划到。明明是个幸事，到阿祥这里却闷吃了一记大亏。原来九九年隔壁浴室转手店面，老板讲，丁家桥要是拆了，你得一套房，不拆，你生意继续做，保准两面赚。阿祥夫妇觉得有道理，又看价钱低，就买下来了。没想到偏偏拆到此处停下来，这下熟客全都搬走了，店却不能不顾，等于断了阿祥大半条财路。

阿祥摇头，怪不得当时买来这么便宜，人家急着脱手，我倒是接得快。他给在路口等搬家卡车过来的男人发香烟，说起这件事总是一脸懊丧。隔壁浴室早就变成了印刷店，黑心老板做了稳赚不赔的生意，自己拍拍屁股走了。

邻居听了就劝他关店。阿祥，这爿店十几年做下来，差不多也好收了。安心养老去，这点小钱没啥赚头。他差点没顺带说出后面的意思，钱赚来又能留给谁呢。在大家眼里，人做工一生一世，不能积财留后，就跟白做了似的。

末了又拍拍肩膀，补上一句，想开点，老来还是靠自己，吃好用好。这个禁忌谁也不会点破，海华的名字不声不响地随卡车一道搬走，随老房子一起入土了。

海华的影子早已淡出街头。毕竟旁人的家事只能当一两顿下饭料，阿祥的早饭却是每户人家实实在在的生活必需品。谁亲谁疏，大家一清二楚。临走前，人们光顾得愈发勤快，一想到从此见不到阿祥，也吃不着茶叶蛋了，心里面多少有点难过。我几乎是天天去。阿祥店门口又排起了长队，人们讲几句知心话，叫自家小孩来道别，顺便也把带不走的电风扇啊，高压锅啊都端过来，问问阿祥要不要。那只盛茶叶蛋的汤锅已经全黑，阿祥老婆就换上了路口一户人家给的三角牌电饭煲。

有人连碗筷都要拿过来送，阿祥讲，东西不多收了，大家下趟有空回来，帮我阿祥挑挑生意。

每户人家搬走的时候都要经过这个路口，阿祥像个东道主，招呼大家，空来，空来啊。卡车渐行渐远，薄皮棺材在人们眼中最后的样子是一根细长的牙签棍。

奶奶家拖到很晚才搬，那天阿祥从家里拿来一只铁皮铅笔盒，几本作业簿子，全新的，外面还套着包装纸，看上去却是九十年代的图案。他送给我，叫我争口气，好好读书。我什么都没送他。若是叫奶奶知道，恐怕又要怪我占人便宜了。

我用到第几本的时候，发现有一本英语簿是有名字的，面上拼音，Li Haihua，里页只写过不到十个单词。然而我已经想不起这个名字所对应的面孔了。

二〇〇八年，丁家桥最后几条弄堂出空，阿祥早点的黄金年代结束了。

9

后来阿祥做的都是秀水街上的过路客生意，外地人居多。也有些老主顾，退休了没事做，借着早锻炼、买菜顺路和送完小孩上学的由头过来看看。来了，阿祥就给他们发香烟。几个老骨头倚在墙边，坐在自己的脚踏车座垫上，彼此说说旧话，内容无非是现在的面粉没以前香，现在的早饭没以前便宜，现在的人不如以前吃苦耐劳了。一碰到新客，他们总要仗着老资格热情推介一番，本地人普通话讲得蹩脚，祥和强是分不清的，他们说，阿强好，阿强信得过，好像阿祥也是从前的产物一样，有一种脱离时代的优质感。

人多总归热闹，如此一来，阿祥门口虽不至于排起长龙阵，倒也不算太冷清。你路过瞥一眼，阿祥早点门口总有那么一两个人围着站着。你过去买，总也得等上一两分钟——阿祥总要给你吃上最热的。

从早上到中午，聊着聊着，老主顾们就得去接小孩回家吃饭，临走前总要劝阿祥夫妇收摊。他们讲，你也到了退休的年纪，为这点小钱早出晚归划不来。老了，要服老，这么辛苦，为了谁呢。

话说到坏处，就停下不讲了。

阿祥老婆讲，待在家里也闷啊，你们倒可以做做饭，接接孙子，我可以做啥呢。她接过尴尬的话头，抱怨似的给阿祥甩了个眼色，丝毫不避讳这个问题。阿祥老婆老来倒是话多起来了，人也胖了不少。

对方只好打圆场，你不晓得，管小孩实在是辛苦的，我们也是没办法。

阿祥不回答，他的话越来越少，在店里待的时间却越来越多。现在的人睡得晚，起得晚，阿祥的店面从以前的十点推迟到十二点才能关门。可是照顾到值夜班下来的人，早上还是要照例五点出来，六点开摊。到中午，隔壁印刷店的老头讲，阿祥，差不多好走了，生意不差你那三五个包子。阿祥讲，你吃饱了是不差，人家饿肚皮的寻遍整条街，寻不着这三五个包子，性命交关咯。

从前奶奶说，阿祥这种五毛五毛的生意，你看他做起来是悄无声息的。好像阿祥收进来的是铜钿，流出去的是半天半天的时间。我当时没听懂，现在想想，也许他什么都没收进来，早饭一口两口送到人家嘴巴里，嘴巴们却吃完隔手就忘记了。

附近一造楼，一封路，工地上的灰尘扬起来，一口两口的早饭生意也做不起来了——路过秀水街的人越来越少了。上班的人戴着口罩经过，不断拿手遮挡自己的脸。他们宁可去下一个路口的连锁包子店，也不愿停下来吃灰，我知道，他们嫌阿祥的摊位遭污染了。

10

去年冬天非常冷，清早路上没几个人。人们出来买馒头包子，都是五个十个地买回去，省得每天吃冷风。阿祥早点于是改做起了批发生意。这时候阿祥老婆已经做不动了，几十年站下来，腰椎吃不消，高兴了出来坐坐，懒了就在家待着。店里平时都是阿祥在顾。好在生意少，一个人也不怕忙不过来。

老主顾们照例来一趟劝一趟，阿祥啊，约莫七十的人了，还不肯松手，啥意思，想做街道劳模啊。

阿祥伸出一只细长的手臂，从左往右一挥，你看看，路都造得差不多了，我阿祥门底人就要多起来啦。老字号一挂，我再叫个小工一喊，那是要登报纸上电视台的，不要太吃香哦。到时候你们这些老骨头一个都挤不进来。

人们笑他老来发梦，真真这个阿祥，面上不声不响，心里算盘倒是打得噼啪乱响。

阿祥转头问我，你怎么样，要不要跟大伯伯混，大城市有啥好去，吃灰尘，吃闷气，不灵不灵。他看我这些年去外地读完书回来，一无所成，成天往旧地方跑，往老年队伍里钻，总要拿我取笑。他说，怪大伯伯不好，小时候给你吃太多茶叶蛋，脑子吃闷掉啦！

我讲，大伯伯包我早饭我就考虑考虑。

这有啥困难，保准你顿顿吃饱再上工！

过完年开春，秀水街通畅了不少，阿祥早点却罕见地没开。心想这老头子总算想开了，休息几天也行，从此关门也行，总比起早贪黑好。

走过两条街，我在一个并不常去的菜市场门口看到了他。“阿羊早桌”的招牌拆下来贴在三轮车上，他蹲在后面，抽着香烟，等着来来往往的人停下来。活到七十，阿祥重新打起了二十年前的无证游击战。

我走过去，他讲，对不住啊，阿祥大伯伯招不起你当小工啦。抽烟的手颤得厉害。

11

一打听，原来是海华的儿子回来了。一回来就拖着满屁股烂债。

没人知道海华什么时候生的小孩，也不知道小孩的爸爸在哪里，还是不是当年那个寸头。只知道小孩来找阿祥的时候，海华已经过世了，生了那种女人的毛病，看不好，也不肯回家，临走之前给小孩留了地址。就这样，断绝关系十五年的女儿没了，从未谋面的外孙倒回来了。

那天仍是在阿祥早点门口，临近中午收摊，小孩走过来，跪在地上大喊外公外婆，随后把这些年海华多么苦，多么想回家，如何看不起病，如何死掉通通说了一遍，说得周围人眼泪嗒嗒掉。这场面我没看到，不过是辗转听好几个人讲起。我不知道这算幸还是不幸。当年见过海华的人，如果又见到了她的小孩，心里会怎么想呢，我体会不出。

总之阿祥老婆心里是崩溃的，她坐在地上捶着胸口哭号。大家都有数，海华出走的这些年，她心里从没原谅过自己，找了这么多年，到头来找出一个女儿过世的消息，外孙又可怜没人管，她恨，她把对阿祥当年坚决逼走女儿的埋怨全部发泄出来。好像海华、海华儿子和她自己的人生，都是被阿祥一手推进油锅的。这锅沸了十五年，仍在冒滚烫的油泡，把人烫得溃烂不堪。

阿祥不说话。

那小孩话锋一转，哭啊喊啊，求外公外婆出钱救他，不然就要吃官司去了。他说自己和妈一样没脸回来认亲，但这次真的是走投无路了。见两个老人听到此处，一时回不过神，一言不发，他说着说着就爬到隔壁店面的房顶上，他讲，还不出钱，抓去坐牢，倒不如自己跳下来死掉。看到有人要跳楼，人群中就报了警。大部分围观者并不知道前因后果，他们只知道孙子欠了债，逼着祖父还，祖父不还，孙子就要跳楼。

活到七十多，阿祥又被活活将了一军。追债的人在，围观的人在，阿祥老婆突然又哭得死去活来，口口声声喊着，这次再不肯救小孩，她也不活了。

那天以后，阿祥早点就关门了。交了现金不够，那个做梦要当老字号的店面也一并抵押给了追债的。人们讲，这是恶报，当年断送了女儿，老了还不是给不知从哪冒出来的外孙擦屁股，一报还一报，终究是要还的。

也有人说阿祥傻。领养的小孩，断了就断了，十五年不来往，现在何苦再去出手干涉下一辈的事情。虽然都明白这里面有阿祥老婆的因素在，可是对于这个一辈子得不到小孩的可怜母亲，谁敢讲她半句不对呢。于是人们就转而说这个外孙德性太坏，一上来就跳楼，这次平息了，以后恐怕也不能学好。他们说，劳改犯的小孩，天生种气就不好。兴许这又是一种偏见，可是人们就信这一套。

女人们说，这样一来，阿祥老婆心里总算好受一些了，十几年的缺口，多少填补上一块。好像人活着出点钱，人死了捐个牌位，都是一样的，都只求自家心里安宁。

12

这些年阿祥和老主顾们聊天的时候，总是默契又轻巧地回避那些严肃的讨论，总是一副好像所有不愉快的事情都没发生过的口气。老年人有一种类似吃茶叶蛋的习惯，越是心里堵的事，越是不情愿拿到台面上来讲，自己闷着，成天只喜欢讲点无关紧要的，边边角角的。他们关心的是面粉发得松不松，油条煎得脆不脆，咸大饼的葱味有没有随着热气散开来，以及这座城市里，到底还有没有一家正宗的、本地人做的早饭铺子——他们就是吃这一套。阿祥呢，他只关心你拿到的那份早点烫不烫，新不新鲜。

可是很多人早就不吃这一套了，他们路过菜市场门前的这条马路，看到一个手指油腻腻的老头子，皱着眉眼，略带颤抖地夹一支烟往嘴里送。烟灰不知往哪随手一弹，吐气朝着自己的油锅。来了人，就用这只手去抓尼龙袋，开蒸笼，拿包子。沾了脏，就往自己的破烂围裙上面轻轻抹一下。他的破旧的组装三轮车周围，一只茶杯，一地老痰，一口壁上起满了膏的茶叶蛋电饭煲。人们看到这些，赶紧绕开去，说，这种老头子顶不讲卫生啦，再便宜也不好买来吃，当心拉肚子噢。他们看了几眼，便一个一个地走开了。

阿祥就站在三轮车旁边，好像周围仍有一个遮风挡雨的木板门面似的，让他显得体面，正宗，有底气。好像附近还会有邻居的小孩厚着脸皮问他讨一点东西吃，然后大人怒气冲冲地过来付钱。好像电视台记者就在路上了，他们要让他说说，自己是如何在早饭界混出名气的。他心里肯定早就想好了几句响亮的回答，等着记者夸他宝刀未老。还有他那蹩脚的普通话，肯定也会把自己的名字错叫成“阿强”。

天气很冷，离十二点还有很长一段时间，阿祥拿出几个还没入汤锅的熟鸡蛋，暖暖手，他从不吆喝，只是等饿肚子的人过来，等着老主顾们过来。

香烟的故事

1

年纪上去，要参加的婚礼也多起来了。每次出发之前，老王都会嘱咐我，拿点香烟回来。

酒席上都是好烟，这我知道，可老王已经戒烟十多年了。年轻的时候，一天一包是必不可少的。费钱，又害人，为此妈妈和他吵过不知多少回。他向来摆一句，不给我烧香烟，等于要我性命。老王十六七岁就开始抽烟了。印象最深的一次，是妈妈穿着冬天拖鞋，把撒在地板上的香烟一支一支踩扁、踩烂，然后落着眼泪蹶起来，那姿势跟老王平时抽完一支后蹶香烟屁股的样子差不多，只是脚趾头更用力些，晃得鞋头上几片蓝色羽毛颤动起来，直到烟草屑从纸管里被挤出来，铺了一地，羽毛也掉下了好几片。老王似乎站在旁边不响，具体我记不清了。记忆中只留下了那片柔软的蓝色。

老王成家很晚。他讲，男人嘛，急啥，要多白相相。白相的地方大约就是舞厅、茶室、台球吧、麻将桌这些烟味很重之处。白相到三十三岁，他才有了我。他讲，我只要女儿，养个儿子，同我一样拆天拆地，这户人家就不用做了。我读初中，老王已靠近五十了。二〇〇六年，我们全家正在看超级女声杭州地区的决赛，他指着一个叫翟梦的胖选手笑，笑着笑着，突然不能动了，送到医院，才知是得了中老年人常有的脑梗塞。住了院，打了很贵的针，挂了几天进口药水，老王缓过来了。临走，医生只说两点，一是降压药不能停，一是戒烟断酒。酒不担心。老王从不喝酒，没这个本事。小时候妈妈不在家，我和老王合伙开了一瓶叫健儿啤的饮料，咪了几口，两个人便昏昏沉沉躺着，直到妈妈回来，看到一大一小两张通红的面孔，笑得不行。烟呢，老王讲，这桩事体恐怕是要慢慢来的，今朝减一支，明朝减一支，到后面总会少下来了。

可是烟还没减到底，我初中也没读完，老王又发作了一次脑梗塞。这次之后，老王再不提烟的事了。走在路上碰到熟人，人家照例发一支香烟，老王摇摇手，摇摇头，意思相当坚决了。我和妈妈有时嘲笑他，谁呀，老早讲起来香烟是性命交关噢，随便怎样不能离手的噢，是谁呀。老王如何回应，我现在想不起了。毕竟对他来说，这是桩坍面孔的事体。幸而身体还在，工作也没有丢。他瞒着单位里的。

2

老王下岗很早。离了厂，不肯吃苦，只陆续打一些不动脑筋的临时工。看看大楼，看看路灯，看看仓库，后来进到电力局看看变电所，总算是稳定下来了。上一天班，休息一天，工作很轻松。老王很喜欢待在变电所里的一天，除非领导视察，在封闭的空间里是很自由的。有电脑玩，有电视看，空调随便开，还可以研究彩票和翻阅地摊杂志，后来空了甚至在房子周围种花种草。下了班呢，反而要买菜做饭，任务很重的。他讲，我上班等于放假，下班等于上岗。妈妈却说，正因你挑这样的生活，才会赚不了大钱。老王讲，做啥啦，又不是我一个穷，谁人谁人谁人，都在当保安喏。

老王说的便是他的一群下岗同僚们了。振作的，不振作的，有野心的，好吃懒做的，兜兜转转，大部分人最后都沦落去看大门了。谁人在哪里，谁人又在哪里，全城地图可以画起来了。大家只是从一个系统跳到另一个系统，一类工种换成另一类工种，培训的时候，又是低头不见抬头见了。老王因病退休之前，最后一任对班，就是几十年的老同事。《麻将的故事》里的四囡和对对吴，有一部分确实借鉴了这两个人的形象。

老王和铁皮屋叔叔（这位叔叔的房子很老旧，在拆不起的市中心，我暂以铁皮屋来指代他）的相处方式是相互挖苦的，从不说对方一句好话。一人说一人胖得像吹气球，一人便说一人瘦成非洲难民。又欢喜相互吹牛，屁大点的事情也能说上天。当个小队长就说成是大官，吃个贵一点的瓜则算御膳，小孩明明认真学习，非要说成轻轻松松考上第一名。以前我以为这是阿Q的意思，我的朋友立场毛却跟我说不是，巴赫金在谈拉伯雷时专门讨论过吹牛的问题，它是一种劳动人民在精神上解放自我的手段，是个体自主性和意志力强大的表现。我想了想，觉得有道理。这不是一种自欺欺人，而是大声讲出来，是集体宣誓和确认的姿态，很硬汉的。

看着势不两立，老王和铁皮屋叔叔实际上是最要好的朋友。至少在事实层面上，铁皮屋叔叔给过的关心和鼓励，比亲戚更多更重。在老王因病退休的几年里，他不间断地来探望，别人带些明面上的保健品，他专带苏州阿小的蜜饯零食。尤其是二〇一三年突发脑溢血，二〇一五年又发现直肠癌，二〇一六年底复发造瘘口，每一次大手术，他都在外面全程陪着。等到老王醒转来，则又开始挖苦和教训老王。老王是不会生气的，能开口了就嚷着要出去吃茶。养足精力，便开始回骂。现在想想，铁皮屋叔叔白天陪着，晚上还要硬撑着去值班呢。只是当时我一心挂着老王，并没考虑过铁皮屋叔叔的身体。二〇一七年四月，老王因为肠梗阻住院，一住就是半年，再也没回过家。幸而那次他挺过来了。因为担心他再次肠梗阻，大家都劝他别吃太多，只有铁皮屋叔叔叫他多吃点。我也很害怕，心里却总想着，一味去想的事情，现实中是不会发生的。于是竖着汗毛写了《麻将的故事》。最后的片段，如果真的发生，我实在不忍心让他饿死。肠胃病最可怜的就是不能随心所欲开怀地吃，这对于喜欢浓油赤酱的老王来说，是很苦的。老王走的几天，每当我吃一些肉，想着他没得吃，心里就很难过。

对对吴的另一个原型，确实是一个同为保安的朋友，曾经在下班后来看望过老王，当天回家休息心肌梗塞过世了。我和妈妈并没有告诉过老王这件事。

3

铁皮屋叔叔喜欢抽烟。也许厂里的人绝大部分都离不开烟。上大学开始，每到学期结束，我都要去五角场的第一百货买一条上海牌香烟。实际上这种烟也是红双喜，不算名贵，只是这一硬壳金色的款式外地不多见。这是老王关照的，他说一定要买给铁皮屋叔叔，多不要，一条就够。我想他大概是想在朋友面前甩甩浪头。有时我不回家，老王也要提醒我早点去买好。暑假寒假，我带上香烟去铁皮屋里吃饭，他会给我一百块钱。后来打了工，我就说，算我送你的。他也不硬辞。男人毕竟不像女人们那样，喜欢推推搡搡，扔来扔去。我还送了铁皮屋叔叔的老婆一条夏天裙子。不是买的，是别人送我的。吃完饭我带了两瓶自酿的葡萄酒回家。长大以后，我的吃酒本事超过老王很多了。

后来铁皮屋叔叔到了退休年纪，继续打工值班领了双份工资，就看不上我的上海牌香烟了。我想这是他甩浪头的方式。他不抽红双喜了，改抽利群，利群的各种款式本地都能买到。再贵的呢，我也送不起。老王说，那就算啦。

婚礼上的烟，中华、熊猫、南京，都比利群高档，老王叫我带回来，就是要给铁皮屋叔叔的。有一次妈妈很生气，因为我听了老王的话，把我那一桌的三包香烟全都拿回来了。她说，你这样做太坍面孔了。可是老王却说，做啥啦，香烟么，放在桌上本就是叫客人拿的，人家小姑娘不要，我们小哥拿回来，不是正好。妈妈还是坚持认为我们俩太不懂礼貌了。但是有啥办法，拿都拿了，总不见得还回去。我把烟放到老王病床旁边藏零食的小抽屉里，他关照我，小哥，香烟藏里面一点，不要抽屉一打开，就叫护工看见了。看见了不发，不好意思的。老王的礼节，和妈妈的礼节不是一种。我就把烟藏在抽屉最深的地方，看不见，手伸进去摸得到。

过几天再去，香烟已经摸不到了，抽屉里又多了几罐蜜饯。一问，果然铁皮屋叔叔来过了。

4

最后一次往抽屉里藏香烟，是二〇一七年十月四日。前夜我去参加同学的订婚宴，拿了一包中华回来。第二天带去给老王。照例，他关照我藏好一点，不要给护工看去。我已经藏得很熟练了。我问他，铁皮屋叔叔啥辰光来，他讲，伊前几天来过了，要过好几天再来了。

十月五日，老王喘气喘得厉害。肿瘤转移到肺里，影响呼吸了。虽然呼吸困难，精神头仍是很足的，老王跟小护士聊天，叫她拿吸痰仪器来。他一心觉得气急是因为喉咙里老痰太多了。小护士说吸痰太痛苦了，要不要考虑一下。老王说不要紧，不怕的。于是那根管子就插到他喉咙里去，吸出很多痰来。问他，有没有呼吸畅快一点，他说没有。于是又吸了一次。我明白，吸痰已经没有用了。管子插进去，喉咙里已经长满肿瘤了。吸出来的痰也都是红色的。老王却说，再吸一口，再吸一口。他想要好好地喘气。

医生说，呼吸不畅就带吸氧器或是无创呼吸面罩吧。老王却不愿意，戴了一会就拿掉了。他说自己鼻梁太高，戴着骨头疼。实际上是他太瘦了，脸上没有肉，撑不住那个机器。他想要自己呼吸。每一次呼吸都伴着很大的声响，消耗着他最后一点体力。我和妈妈并不知道那是最后一点体力。因为他太精神了。头脑清醒，眼神活络，不断地和护士说话，还跷着二郎腿。我们想，这大概又是一个关口。从二〇一三年到现在，老王已经凭借自己的力量闯过很多很多关口了。他太厉害了。

到了晚上，老王因为气急，已经一天一夜没睡觉了，打了镇定针，终于睡去了。医生说，大概可以睡到第二天早上，明天再想对策，如何让他呼吸顺畅一些，但也该有所准备了。

睡到十二点多，是十月六日了。过了国庆，过了中秋。经过了小哥的毕业，也经过了小哥拿到第一个月的工资，老王在睡梦中陷入了昏迷，监控的机器滴滴滴叫起来了。两个钟头之后，老王走了。

人们都说，没有痛苦，很好的。

他就是这么爽快，要活就好好活着，说走就拍拍屁股走了。这么多年的病痛，从没有剥夺过他一天的尊严。他的每一天都是这么生动，除了最后的两个钟头。可是谁知道呢，也许那会他正在拼命打怪呢，就和从前在手术中昏迷的时刻一样。打过了，又能醒转来吃茶了。他说，小哥，老王刚才做很长很长的梦，梦到两个小鬼，硬要拖我过去，我说不去不去，怎么好去，我还有我的小哥呢！

5

去往殡仪馆之前，我收拾了抽屉和衣柜里的遗物，放在提前准备好的袋子里。那包藏得很好的烟，我悄悄放到自己书包里去了。

第二天，铁皮屋叔叔从值班室溜出来，给老王上了一炷香。他讲，今天请不出假，明后天会来陪的。他没有哭，这个叔叔好像从来不哭的，他向来只说自己的好，和说别人的不好。绕着老王的身体转完一圈，他突然说，心肝啊，我有点脚软。

老王总是叫我小哥，铁皮屋叔叔则叫我心肝，我知道的，都是宝贝的意思。

我回转去拿书包，把那包在病房里放了两天不到的中华烟塞给他。动作很快的，别人都看不到。若是给人看到了又不发，太不好意思了。这是老王一贯的礼节。铁皮屋叔叔的手颤得厉害。我们都明白，这是老王经手过的最后一包烟了。

他讲，心肝啊，你爸爸这辈子真真是苦啊。然后开着电瓶车走了。

6

第二天一早，铁皮屋叔叔一下班就赶过来了。他和几个女同事一道坐着给老王折纸元宝。女人们折起来像裹小馄饨，一秒一个，很快的。他却手脚很慢，嘴上也没闲着，一直在谈山海经。谈着谈着，又要甩浪头了，说到他的儿子不看书也能考一百分，而我是靠认认真真死读书出来的。我笑听着，心想如果老王能说话，不晓得会如何反戳回去。可是他就躺在里面，什么也不说，他的脸还和从前的一样。浓眉毛，高鼻梁，眼睛又大又有神。只是入殓的人帮他把眼睛闭上了。

以前一个小护士来打针的时候说，老王啊，你这副眉毛多少粗，多少浓，一看就是标准的长寿眉呀。铁皮屋叔叔在旁边说，那肯定的，你听伊讲话，中气十足，比我这种健康人还要健康咪。老王就哈哈哈大笑。

老王的喉咙是很响的，笑起来更响，所以大家每次和他聊微信，通电话，见面，听他一开口，就觉得他一定会好转来。人们靠肉眼来判断，只有仪器能察觉出他身体里的坏动静。

脑溢血手术后，老王掉了半片头颅骨，死里逃生。人家都讲，老王啊，大难不死，必有后福呀。果然，老王靠自己的本事锻炼起来，没几个月就从瘫痪在床变成每日散步的大活人了。医生都说，真是奇迹，真是奇迹呀。

老王在小区里走来走去，去爬单杠和行道树，人家都讲，真是奇迹呀，奇迹。

可是没到一年，又出了别的毛病，更大的毛病。人家讲，真是作孽啊，作孽。我心想，后福在哪里呢。

但不到最后一刻，老王还是讲话这么响，脾气这么大，待小护士和老阿姨还是这么好，和铁皮屋叔叔吵来吵去，吵来吵去。

不知道铁皮屋叔叔抽这包香烟的时候，会不会有一点冷清，有一点无聊。

以后的婚礼，或者别的场合，我还是会拿香烟的，攒着，拿回来带到铁皮屋里去，讨一顿饭吃。

后记

社区、（非）虚构及电影感

很多人引过格雷厄姆·格林[①] 的说法，写作者的前二十年涵盖了其全部经验，余下的岁月则是在观察。他认为写作者在童年和青少年时期观察世界，一生只有一次。而其整个写作生涯，就是努力用人们共有的“庞大公共世界”，来解说其私人世界。

我曾在领北方朋友立场毛重游我的儿时故地时，讨论过类似的话题。他看着半拆半建的老城区，认为我们之间的区别或许在于经验和知识的获取顺序上。对我而言，确实是经验在前，知识在后的。

八九十年代，人们从弄堂搬进单元楼，逼仄的螺旋式空间变为敞亮的两室一厅，这是一种令人兴奋的居住更新体验。然而很快

①格雷厄姆·格林（Graham Greene，1904–1991），英国作家、编剧、文学评论家。一生获得 4 次诺贝尔文学奖提名，被誉为诺贝尔文学奖无冕之王。

地，人们又匆忙搬出单元楼，去往更高的公寓，更大的户型。于是小区成了老小区，工人新村成了旧新村，留下来的，多是老人、穷人，以及外来务工的新居民，这构成了旧型社区在新世纪的钢筋水泥，也恰好代表着三种不容忽视的社会角色：衰败的工人群体，日益庞大的老龄化群体，以及低收入的外来务工群体。他们共生于一处，以迟缓的脚步追赶城市疯狂的发展速度，吞吐着代际内部的消化不良，接受一轮一轮的改造，也等待着随时可能降临的淘汰，这使得旧社区本身所具有的地方性、时代感更加五味杂陈——它属于历史与空间的纠缠，既是连贯的，也是破碎的。它看似沉睡的躯壳里不停歇地涌动着复杂的事件、关系和情绪，而这些无不是基于老子、儿子、房子、票子，基于遍地皆是的生老病死。

我的经验，就在这些老社区里。

我的写作从童年模糊的弄堂、河岸记忆中走出来之后，就一头扎进了这个独立于"乡村"和"都市"之外的半新不旧的空间。它来自小城市平民阶层所创造的熟人社会。它的容量是庞大的，存在感却不相符地异常低下。我希望给予它一种真实、细致且平视的呈现，大约就是沈从文告给汪曾祺的"贴着写"。

最初是写一对在马路口给人补衣服修伞的老夫妻，打赌房子不会拆迁的故事（《预言》）。接着写一个小区看门人（《小官》），是当作平民英雄来写的。过了几年发现，去看这个空间内群体生活的凋敝，远比追溯往日的荣光和真善更要紧，便决意再写看门人的故事

(《小官的故事》)，偷吃狗肉，被年轻人打，去美容店，这时“街道英雄”的反英雄元素已经显现了。此后接连写了二十来个“街道英雄”，有人，有动物，清一色都叫“××的故事”。

比如棋牌室常客(《麻将的故事》),彩票店玩家,比如卖水果(《水果摊故事》)，卖菜的（《老菜皮》)，做早点的（《阿祥早点铺》)，开杂货店的,五金铺的（《阿金的故事》),剃头店的。比如跳广场舞的,协管社区杂务的（《美芬的故事》)。他们大多是下岗再就业或退休工人,离开了单位制的依附,努力营生或浑浑度日。所谓“男保女超”,男的当保安，女的打超市零工，说的就是这一批老居民的生存状况。

再如环卫工人，送牛奶工（《光明的故事》)，以及老知青（《春光的故事》)，是熟人空间里操持别种语言的特殊角色，他们所拥有的地域文化和气质，比如吃苦耐劳或孤高自傲，不时与外部环境产生互动,有些融入其中,有些仍在适应,但确已归属于本地空间内了。新旧、出入之间的变化关系，十分有趣。

当然我最感兴趣的仍是老年人群体。一来老年人同小孩似的,本身具有相当大的创造性和可能性，二来这也是老龄化社会必将面临的问题。比如务农的老人无处可劳作（《百步一座桥》)，扎堆闲聊的和疲于奔命的两厢对比（《老马的故事》)，捡垃圾成瘾（《阿明的故事》)，病痛中的忏悔与冒险（《偷桃换李记》)，等等。其中涉及到的养老、代际和历史包袱，无不出自皱纹和拐杖之中，并催生出另一类有关动物的故事。

在熟人社会中，每一只晃荡的猫狗鸡鸭都有自己的地盘和名号，他们是这片土地上的另一群霸主，拥有完整的江湖。小区里的动物辈分不一，生着高高低低的喉咙，也有各式各样的脾气，就像小区里的人一样，有的活得长久，有的说没就没了。《狗司令》《来福是个兽》，说的就是这样的故事。

这又牵扯出政策带来的风波，比如抓捕黑户（《鸡飞狗跳记》），禁燃烟花（《空响炮》）等。

社区是一个持续饱和且不断溢出的容器。每个人存在关联，彼此参与或见证。写着写着，我渐渐发现这几乎是一种“云”的状态，也便走出了一种较为狭窄的生命经验，去寻求当代社会中一种普遍的状况和民生联系——每个小区都有这样的人，每个城市都有这样的社区，它们或许彼此能互为当代城市丛林的样本。

既是市井民生小说，我习惯以大量地方语言和以口头化为主的日常表达来呈现。民间的白话词汇是非常形象的，比如一个人走来走去打发时间，就说他是“一根卖不掉的甘蔗”。瘦得皮包骨的人，就说他是“薄皮棺材”。自来熟的，叫作“韭菜面孔”。东西多不叫多，叫“多到造反”。走开不说走开，要说“拍拍屁股走开”。如果说街道是一种江湖，人们则以绰号行走其中，这个名号要叫得响，还要能遗传给下一代。诸如此类，恰恰展现了不上台面的口头语言所具有的高级的文学感，可谓一笔深厚的宝藏。

对话中的引号也是刻意去除的，为的是取消日常对话中并不常见的正经感。口语的两种特色，利落简短，冗余重复，都是对话情绪的体现。但脱口而出之中，却不乏深奥的人情心思。话不讲透，或啰唆不得点，都是民间叙述的留白特色，值得去细想。

这样的处理往往让我的故事没有太多的戏剧冲突，故事几乎是在波澜不惊的情况下悄悄推进的。也许有些人会觉得太过平缓，太散文化了。实际上这和人物的生活过程如出一辙，在看似平静实则一言难尽的一生中走到老。哭哭笑笑是有的，人们习惯了平平常常地讲给邻居听，大家也不妨一听。

或许因为太过平常，总有人误以为我在从事非虚构写作。然则我必须承认这是一种小说的作法。研究萧红的时候，我曾经提出过一个“不受限的文学世界观”。想象（回忆）的世界，真实的世界，文学创作的世界，彼此间是互相可触的，畅通无阻的。走在路上，人物裹挟着画面感袭来的时候，他同时就成了走在故事里的人，姓名住址对不对，早无关紧要了。鲁迅所说的“东南西北的鼻子眼睛捏出一个人”，苏珊·桑塔格[①] 所说的“需要把自己和其他东西一起当作素材来出借，真的存在那样一个世界，而我真的置身其中”也正是这样的意思。文学的真实和虚构可以暂时(或永久)地模糊界限，而非虚构也绝非最真实的一种。

九十年代的大陆电影常常给人一种强烈的小说感，许是出于对当代文学的及时改编（即便并没有 IP 这种极具野心的商业化概念），

①苏珊·桑塔格（Susan Sontag，1933–2004），美国作家、艺术评论家。

现实主义中不乏荒诞、魔幻和讽刺，场景转变和镜头语言也和同期的小说状况十分相似，可以说是非常良好的关联互动了。新世纪以来，这种关联被削弱一些，然而一种寻根姿态在艺术电影上却做得更加积极，比如从贾樟柯的汾阳、万玛才旦的藏区到李睿珺的大西北，从《路边野餐》里的贵州到《八月》为代表的故地景象。这两个时期的大陆电影都是我所爱好的对象，尤其是后者的观看视角。我始终觉得青年一代能为自己所成长的时代作出的最高反馈，就是用艺术的方式去呈现它，去献给我们的父辈。这是一种致敬，也是一种自我梳理。

我几乎是以分镜练习的方式开启了写作尝试。很多时候常常是画面先行的。这大概同我喜欢上街看来看去有关，视觉冲击总是优于其他感官，有时一个场景就是一个故事。走在路上看，眼睛是很贪婪的，一边看，脑子一边兴奋，眼睛才会饱。我甚至会为我的故事寻找一张肖像，最早在豆瓣发表这些故事的时候，每一篇最后都会附一张照片。它们之间不一定是直接关联的，只是展演了某种相同的信息或情绪。

小区也好，街道也好，走到哪，谁一起身，留下一只茶杯在长凳上，就留下了一副街道英雄的背影。

图书在版编目（CIP）数据

街道江湖／王占黑著．-- 北京：北京十月文艺出版社，2018.10

ISBN 978-7-5302-1858-7

Ⅰ．①街…　Ⅱ．①王…　Ⅲ．①短篇小说－小说集－中国－当代　Ⅳ．①I247.7

中国版本图书馆 CIP 数据核字（2018）第 184517 号

街道江湖
JIEDAO JIANGHU
王占黑 著

出　　版　北京出版集团公司
　　　　　北京十月文艺出版社
地　　址　北京北三环中路 6 号
邮　　编　100120
网　　址　www.bph.com.cn
发　　行　新经典发行有限公司
　　　　　电话（010）68423599
经　　销　新华书店
印　　刷　北京天宇万达印刷有限公司
版　　次　2018 年 10 月第 1 版
　　　　　2018 年 10 月第 1 次印刷
开　　本　880 毫米 ×1230 毫米　1/32
印　　张　8.25
字　　数　160 千字
书　　号　ISBN 978-7-5302-1858-7
定　　价　45.00 元
质量监督电话　010-58572393
如有印装质量问题，由本社负责调换